小熊媽

暢銷修訂版

經典英語繪本

101+

這樣挑、線上聽，自學英語很簡單 🔍

小熊媽 張美蘭 著　　NIC 徐世賢 繪

目 錄

成長類繪本，幫孩子建構思考能力 P173

Level **4**

當前一階段的書籍了解至 8 成左右，就可以朝第四階段邁進嘍！
本章的適讀年齡可以延伸到國中階段。所以，孩子現在可能聽不
懂，甚至可能連家長讀起來也都覺得有些難度。然而沒關係，
請放寬心，因為要理解這 12 本書的內容，也需要人生經驗去輔
助，如《You Are Special》、《Thank you, Mr. Falker》、《Mike
Mulligan and His Steam Shovel》等，都是內容頗具深度，適合與
高年級甚至青少年孩子一起討論的英語故事。這一章的推薦書籍
很值得反覆閱讀，更值得購買收藏、細細品味。

從經典套書邁向獨立閱讀的新里程 P199

Level **5**

本章的推薦書籍，則是一系列的基礎「橋梁套書」，也是在美
國校園的幼兒園至小學二、三年級階段，很常見的班書或閱讀
課指定書，如《Amelia Bedelia》、《Young Cam Jensen》、
《Encyclopedia Brown》等。在前四個階段所推薦的繪本中，鼓
勵家長採用親子共讀方式，與孩子一起享受閱讀之樂；但到了第
五階段的書籍，單字跟內容其實並沒有比第四階段難，但故事內
容的確有變得比較長，是讓孩子展開自我閱讀之旅的最佳入門。

作者序

資源有限、創意無窮！

很高興本書獲得許多讀者喜愛，重新改版上市了！在我旅居美國的 7 年時光裡，雖然嚴格要求孩子在家必須講中文；但是，兩個孩子從 3 歲半開始上美國的幼兒園，語言銜接方面卻沒什麼問題。如今想來，這可能是因為孩子們從很小的時候就聽我唸了不少的英語繪本有關吧！

回台灣定居、工作之後，我為了孩子又再度回歸家庭。2007 年，師範大學與英特爾合作推動「創新思考教育計畫」，邀我擔任主講教師，為台灣的 K-12（從幼兒園到高中）老師開設教學課程，分享個人在美國的所見所聞。在師大的這項培訓計畫中，我開過很多主題的課。例如，美國的閱讀推廣計畫（這與我曾在誠品書店工作且愛書有關）、美國的創意課程、美國孩子與台灣孩子的最大不同（如，體育力不同）……。其中有堂課來選修的人很多，那就是「美國圖書館經典繪本 100 導讀課」（後來更名為「英語繪本的獨特創意與教學上實際應用」）。這系列的課程連續開了 4 年多，受到許多老師的正面回饋。後來，澎湖縣政府還特別邀我去幫離島的英語老師們講授精華版。

有趣的是，我發現那些老師來師大選修我的課，有一部分確實是為了教學，但更多人卻是為了自家的孩子：想在自己為孩子講故事的時間裡，讓孩子聽到一些好的繪本、同時也學到英語。後來，也有不少家長要求旁聽這門課，師大也因此特別開放線上旁聽的

名額。這時我才了解：原來有很多家長很想陪孩子讀英語繪本。但是，他們有資源上的限制，也有能力上的限制！

資源的限制，是指買書或借書的問題。目前台灣書市已出版了一些教導爸媽如何利用英文有聲書來讓孩子學英文、練聽力的專書。這些書的編寫頗有水準，每次一推出也讓許多家長就忙著比較書單，甚至還揪團網購書中推薦的讀物，真是熱鬧滾滾！但我個人覺得，這些書的立意雖好，但仍無法滿足另一群讀者的需求。比如，書中提到的有聲書與朗讀 CD 並不少，倘若家長照單全收去採購，那將會是一筆很龐大的費用！那麼，如果我們利用圖書館來免費借閱呢？很遺憾的是，台灣目前的大小圖書館都還沒辦法在這方面提供很完整的資源。館內的英文書少，有聲 CD 更少！就連首善之區的台北市立圖書館也是如此。家長們能借到的英文童書若非破舊不堪，就是得要預約、排很久的隊才能輪到自己——這可是我個人的切膚之痛啊！所以，對台灣父母來說，光是要接觸到優質教材就是一項負擔了。

其次則是**本身能力的限制**。父母想為孩子親自朗讀繪本，卻擔心自己不能掌握恰當的朗讀方式或正確發音，這的確構成親子共讀時一項很難突破的心理障礙。如果，母親或父親能事先聽過英美母語人士的示範，再朗讀給孩子聽，這種做法是不是會更好呢？先聽過書的朗讀示範還有個好處！我在誠品書

店工作時深切體認到每個人對書的喜惡不同。家長們在購買為數不小的外文書之前，如能事先聽過朗讀，甚至跟孩子一起試聽，就可以判斷自家孩子對這本書感不感興趣、它值不值得買。

所以，我最後想到的方案就是：乾脆把我在師大教學的內容，還有自己在家帶小孩的自學經驗，彙整成專書；並且用現有的網路資源，從中找出每本書的朗讀範例、將精采者列成一份清單，提供給那些有這方面需要的父母當成參考。網路是很好的免費資源，這個方案能讓大家輕鬆的進行親子共學英文，也便於隨時選出合適自己的繪本跟童書，這個方法經濟又有效率！

在這本書裡面，我推薦了 101 本英文圖畫書。這批繪本的挑選標準並非出自個人喜好，而是綜合了多方考量。清單內容主要來自我當年在美國的中文學校任教時，由肯塔基州當地圖書館列出的「100 本兒童必讀繪本推薦書單」。但，我自己在那 4 年的教學生涯中也體會到台美兩地國情不同，例如，台灣並無黑白族裔的問題，所以，我又從該份書單刪掉一些強調非洲裔等議題的繪本。再加上自己在家裡帶著 3 個孩子自學英文的經驗，最後才選出了這 101 本。

我十分喜歡大學時代在救國團帶領中橫健行隊所見到的標語：「資源有限、創意無窮！」本書的目的，就是要幫助家長們運用最經濟的花費，來讓孩子從小也能在爸媽的陪伴下，快樂學英語、欣賞好故事。

最後，我想強調這本書並不是關於兒童文學的論文書寫，而是結合了自己在美國的育兒生活跟實際教學的經驗談。就像繪本《花婆婆》要傳達的訊息一樣，在家父過世之後，我深深體會到人生的無常與短暫，所以期許自己要更努力做些使這個世界更美好、對別人更有用的事。因此，我衷心期待這本書能引發更多父母說故事的動機、協助家長打造更實用的英語學習模式，為孩子們帶來更多的歡樂！

本書的用法與建議

首先，我要澄清一個觀點。為何這 101 本書不用「年齡」來分類呢？因為，**閱讀能力是很難用年齡來區分的**。尤其是外語，程度會因為每個人的成長背景、學習環境等因素而有很大的差異。

舉個例子來說好了。我家的小熊哥從美國返台定居時，他的生理年齡是 8 歲，已能閱讀原文的《哈利波特》小說第四集，卻看不懂中文的幼兒繪本！後來，我去小熊就讀的學校當圖書館志工，他和我約定：每到媽媽值班日就來圖書館見我，順便借 2 本書回家。一開始，他每週只借個 1、2 次。養成借閱習慣之後，發覺圖書館其實也很好玩，就開始每天帶 2 本書回家。雖然他借的都是很簡單的繪本，且一開始是英文書，但也開始慢慢出現中文的了。

小熊把書借回家的樂趣，主要在於晚上讓媽媽唸給自己跟弟弟聽。他本人很喜歡內容幽默的童書，往往會白天就忍不住先在學校看完。但是，每當他回家後看到弟弟聽到媽媽讀繪本而咯咯大笑的樣子，就會很有成就感。漸漸的，他終於也可以流暢唸出中文繪本的內容，再進步到字句較多的橋梁書，這過程花了將近 1 年的時間。9 歲了，我家的小熊才從中文繪本的階段畢業。

以上是真實的例證。所以，年紀並不能當做閱讀力的最準確指標。美國圖書館裡的兒童書籍有許多也是以能力來分，而非年齡。

在台灣有些孩子較晚接觸到英文，所以，即使他的年紀比較大，也宜從 Level I 開始讀起。有的孩子很早就接觸英文了，他可能很快就能跳到後面的階段進行閱讀。

本書建議的自學方法如下：

1. 3 歲以上的孩子，可以跟父母一起上網欣賞繪本、聆聽發音。

2. 為了孩子的健康，**不建議 3 歲以下的孩子過度使用網路**。所以，我的做法是：自己先上網把故事聽一遍，再朗讀給孩子聽。也可以用 MP3 或手機錄下來，以便隨時播放給孩子聽。

3. 如果可以的話，請盡量由父母朗讀、錄音。**根據研究：父母的聲音能促使孩子更專心的聽故事！**

4. 如果父母不便為孩子親自朗讀，也可以錄下網路上的範例，在家裡當成自學教材。但，千萬請注意智慧財產權與使用範圍！

5. 在這 101 本的書單內，我又將每個繪本用星等來細分，代表意義如下：

> ❶ ★★★★★
> 推薦必讀的經典、得獎書，或是特別有教育意義、在國外屬於重量級的作品。
>
> ❷ ★★★★☆
> 該書在兒童讀本界的重要性僅次於 5 顆星的重要作品。
>
> ❸ ★★★★

蒐羅在國外並不算是重量級讀物、但內容有引述我國文化的佳作，或是一些在繪本界地位略低於 4 顆半星的作品。

❹ ★★★☆

值得一讀，但重要性低於 4 顆星的書。

❺ ★★★

好書。有些是近期出版的新書，因此還沒被列入經典，對兒童卻很有啟發性。

6. 同一章的書單裡，每本書也有難易程度之別。列在前面的繪本，內容比較簡單；排在後面的，難度會逐步提高。若您們能按順序來閱讀，這是最好的方式。但如果孩子對某本書的主題毫無興趣，那麼，跳著閱讀也無妨，不必勉強孩子。以後有機會再回頭讀那本書，也是一種選擇。

7. 親子共讀，是本書最鼓勵的做法。 再次強調：語言要敢用，不要擔心發音！我在美國遇過許多優秀的移民人士。那些來自印度、新加坡的人，英語發音也未必字正腔圓；但是，他們很敢講、有自信講、也能用英語談很多東西。

8. 關於朗讀範例：書中附了一些目前在網路上可瀏覽的影片。我盡量推薦那些自行創作錄製、無翻拍侵權的朗讀示範。但，有些很棒的影片未必能百分百的確認其出處，而一些由素人自拍、公開的影片，日後也可能會隨時被主人關閉或回收。也就是說，本書列出的影片，未來可能會發生消失、找不到的情況。其實大家不必緊張，可以用書名去 YouTube 找尋新的朗讀資源，因為工具是活的，書本是死的，本書只是指引大家一個方向，相信父母們都可自行靈活運用網路資源的。

其實，台灣的父母英語程度並不差。真的，**我勸大家務必要勇於跟孩子一起朗讀、勇於與孩子一起學習英語。至於發音漂亮與否，那不是最重要的問題。**重要的是，當您在跟孩子一起讀這些經典的英語繪本時，能否讓孩子在閱讀的過程中，自然的學習第二外國語，不害怕開口說英語，甚至愛上英語跟閱讀。這樣的過程，相信是每位父母都樂見的，也幫孩子的未來埋下一顆學習種子，引領他進入更寬廣的世界。

關於孩子學英文的一些體驗

學語言，環境是一大重要因素。如果母親可以與孩子用英語互動，那是最棒的！如果不行的話，常讓孩子聽有聲書、看影片也是很好的方法。

語文是一種工具，孩子也可以被訓練到把英文發音說得有如外國人。但是，學習的內涵才是重點！所以，我在此要強調一個觀念：請不要把學英語當做唯一目的！孩子學英語的目的不該是為了全民英檢、或讓他將來可以出國，更重要的應該是讓孩子了解西方的文化、了解西方人待人處世的禮節。

有位外國朋友戲稱台灣有種人叫做「英語土匪」。他們見了外國人，就拚命拉著對方練習會話，態度很具侵略性，讓人看了心裡很不舒服……這是為了學外語而不尊重他人的做法。小熊哥剛回台灣時也曾遇過這種媽媽，硬拉著小熊跟她的孩子練英文。小熊很不以為然的用中文回答：「都在台灣了，為何玩的時候也要強迫我講英文呢？」

日本東京大學的教育家陰山英男指出：**紮實的母語基礎，是日後思考的重要工具；把母語學好，才是學習的王道！**我看過一些在台灣成長的孩子，英語講得頂呱呱，中文程度卻很落後。從小只重視學英文，這種本末倒置的教育未免有些可惜。

語言學習是一生的功課。父母要給孩子動機、準備環境，但也不必過於焦慮。蔡英文、馬英九的英文能力都很好。我看過他們談自己如何學英文的專訪，他們都說：**長大到美國念書後，在那個大環境裡才把英語學得最多、最好！**

所以孩子還小時，若能適當的、快樂的學習英文，那就夠了。本章就是個起點。我精選了 26 本單字量較少的繪本，但它們卻能帶給孩子許多想像與快樂。一起來試試看吧！

01

★★★★★

《Dear Zoo》

文／圖：Rod Campbell

 故事大綱

小孩請動物園送給他一隻寵物，但是，送來的動物都太極端了。大象太大，長頸鹿太高……。最後終於才收到令人滿意的寵物：可愛的小狗。當然要留下牠嚕！

本書特色

兒童英語繪本入門用的經典翻翻書。尤其對 0 ～ 2 歲的孩子而言，這本書的概念很簡單，但小孩子就是愛看！

這本書是我 3 個孩子最早接觸、也最喜愛的繪本，無一人例外。動物對孩子總有無比的吸引力，養寵物更是每個孩子的願望。不過，直接寫信給動物園要他們給寵物，當然會選到大象或蛇這種一般人不想要的。還是去寵物店挑比較快吧！

　　說到寵物，美國人很常養狗。我們在肯塔基州買的森林小木屋，四周的鄰居都有養狗，只有我們家是養「小熊」。 我一直覺得這些狗超好命。因為美國的獨棟房子，光是後院就起碼有上百坪草地！我家也有個三百多坪的大後院，來訪的日本朋友也嚇一跳，直說：「這後院是我們日本的公園規模吶！」所以，美國的狗兒們可以在戶外盡情跑跳。比起台灣大都會的狗狗，活動空間又多、又舒適。

小熊有一個好朋友 Trent，是個俄國裔的金髮藍眼小帥哥。他家也是 3 個男孩，寵物可是一大堆！有 2 隻狗、3 隻貓、4 隻大蜥蜴、還有數不清的魚。而小熊的棒球教練 Chris 給他兒子在後院做了一個大樹屋，還讓他養 1 隻駱馬（llama）跟 1 隻驢子當寵物。這些對來自台灣的我們來說感覺就像天方夜譚，卻也是很有趣的體驗：原來，寵物也可以養像駱馬那麼大的那種喔！所以，本書提到要把大象當寵物，應該也不算過分啦。只不過，光是要幫牠洗澡、準備食物，那就很累了！所以我決定：我家還是只養「小孩」當寵物就好。

至於我家的新生力軍：老三迷你熊，就是 2 個哥哥的最佳寵物。目前這寵物與哥哥們都相處得很愉快，所以也不必寫信給動物園了。

為孩子唸本書的重點是：當動物園送來大象、長頸鹿、獅子或猴子時，朗讀者全都可以搭配狀聲詞。也請您先不要翻開答案，而是先問問孩子：「What is this?」請孩子告訴您答案，他會記得更清楚喔！

朗讀範例

goo.gl/j7VffF

Sherry 小姐的活潑朗讀。

goo.gl/fEQeQ3

🥚 **熊家私房玩法**

❶ 與孩子去參觀各地的動物園，在看動物的同時，也讓孩子認識牠的英文名稱。

❷ 藉由本書說明各種動物的特性。比如，愛跳躍的青蛙很 jumpy、沉默的駱駝看起來很 grumpy、猴子個性很 naughty 等。

> 我家的小小熊，經常在後院跟鄰居的小狗偷偷聊天。

BOOK

02

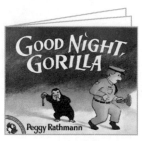

★★★★★

《Good Night , Gorilla》

文 / 圖：Peggy Rathmann

 故事大綱

動物園的管理員向動物們一一道晚安。但是，黑猩猩卻神不知鬼不覺的偷了他的鑰匙，還把大家都放出來，並且默默的跟在管理員後面一起回家！直到管理員的太太發現，才把牠們通通都送回動物園。不過，黑猩猩最後還是又……

 本書特色

很幽默的低幼兒童經典繪本。 對白不多，主要在於讓孩子認識各種動物的名稱，還有學會「Good night!」的用法。

這本書提到一種在亞洲跟台灣都很少見的動物，那就是armadillo，中文叫犰狳。

這種產自美洲的哺乳動物是個挖洞高手，能在 2 分鐘裡鑽入堅硬土地。大部分的犰狳住在洞穴裡，只在晚上出來活動。牠長得雖威武，生性卻很膽小，一遇天敵便鑽進洞裡。如果來不及逃走的話，就會縮成一團，以堅硬的鱗甲來保護身體。

我家小熊一直以為 armadillo 就是穿山甲，其實不然。

穿山甲的英文名詞是 pangolin，主要分布在非洲和亞洲各地。這種哺乳類的食蟻動物，頭部細長，眼睛很小，無牙齒。從頭到尾除了腹部以外都披覆著鱗片。牠受到驚嚇時也會縮

成一團，把自己捲成球形，這點和犰狳很像。穿山甲的四肢粗短，有強壯的爪子以便挖洞。此外，牠也是晝伏夜出、住在洞穴裡，還很會爬樹。

故事裡還有另一種動物在台灣也很少見，那就是鬣狗（hyena）。 這種肉食性動物專吃腐爛的動物屍體，生活在非洲、阿拉伯到亞洲的印度一帶。牠們的體型中等，外形有點像狗，身上還有許多不規則的黑褐色斑點。鬣狗是母系社會，雌性體重通常比雄性重 12％，是相對強壯且具支配權的一方。還有，整群母鬣狗中只有一隻母首領，牠才有權生育下一代，其他的母鬣狗則幫忙照料鬣狗寶寶。

在非洲，入夜後常會從大草原深處傳來令人毛骨悚然的嚎叫或詭異的大笑聲。鬣狗最著名的特徵就是這種獰笑聲了；所以，牠們在卡通或童書裡通常也都扮演狡猾、凶狠的角色。

這本書除了共讀之外，也需要大人對低幼兒童補充一些口頭說明。例如，黑猩猩為什麼可以打開其他動物的籠子？因為，牠一開始就偷拿了管理員的一大串鑰匙！就連到了故事結尾，管理員太太送了全部的動物回家之後，為何黑猩猩還能輕鬆自如的溜出來呢？——因為，鑰匙還在牠手上啊！

朗讀範例

一位男士的美好朗讀。
reurl.cc/NpNLV6

Miss. Maggie 的朗讀。
reurl.cc/l9a4GQ

🐾 熊家私房玩法

❶ 帶孩子去動物園，試著跟孩子說明每種動物的英文名稱。說明牌上面通常都標有中英文。

❷ 到動物園時，也可以訪問一位管理員，請教他的主要工作是什麼。

❸ 上網找出 armadillo 的照片跟穿山甲的照片，跟孩子說明這兩種動物的長相、分布地的不同。

BOOK

03

★ ★ ★ ★ ★

《Freight Train》
文／圖：Donald Crews

 故事大綱

蒸汽火車要出發了！後面接著各式各樣的車廂，功能不同，顏色也不同。跟著一起來趟認識火車的小旅行吧？

 本書特色

看圖認識火車上各種不同功能的車廂名稱，還有顏色。

這本火車書是十分經典的作品，小熊哥在美國讀幼兒園之前，我和他就常常在圖書館的說故事時間裡聽到。許多小男孩都是這本書的粉絲，因為書裡寫的，是火車上各種車廂的名稱，還有顏色。

我還記得，小熊哥小時候十分愛看「湯瑪士小火車」的書和動畫（Thomas the Tank Engine）。美國的鐵道，保存了許多原始的特色，我們也常常帶他去辛辛那堤的博物館和保存完好的火車頭。

此外，在印第安納州的印第安納坡里斯（Indianapolis），有一個超級大的兒童博物館，也有許多關於鐵道和鐵道模型的介紹。總之，火車文化對於美國人來說，是一個很重要、美好且值得保存的回憶，因此這本書非常受孩子的歡迎。

朗讀範例

reurl.cc/5G8Vezh

reurl.cc/VjR7yn

　　因為喜愛火車，台北與日本的「鐵道博物館」也是我家男孩的最愛！

　　本書除了可以認識各種火車不同車廂的用途，例如「cattle car」是裝牛羊的車廂、「tank car」是裝液體的車廂、「caboose」是車務員專用的車廂，最重要的是，也能讓孩子認識不同車廂的顏色名稱。

　　書中的最後，是火車加速開動的樣子，畫面上顏色都混在一起，車廂也分辨不出來了！但是孩子卻能在這特別的設計中，看到火車的動態感。可以參考連結的動畫版本，十分逼真有趣。這是一本獻給愛車男孩的經典讀本！

在美國時，帶孩子們去看湯瑪士蒸汽火車頭。

🍠 熊家私房玩法

❶ 帶孩子去參觀台北或日本的「鐵道博物館」，可以認識許多不同火車頭、車廂的構造，以及火車的演進史。

❷ 在家中用紙箱做成各種車廂的樣子，讓孩子待在家中來個火車遊行！

BOOK

04

★★★★★

《This Is Not My Hat》

文 / 圖：Jon Klassen

 故事大綱

一隻小魚從睡著的大魚頭上偷了一頂小帽帽。牠以為自己可以神不知鬼不覺的逃走；然而大魚也不是省油的燈，再加上一隻「抓耙仔」（台語「告密者」）螃蟹，小帽帽很快就物歸原主了！

 本書特色

一本關於「偷竊」、「所有權」與道德教育的書。簡單的情節、可愛的圖像，讓孩子也能感受到中文古諺「若要人不知，除非己莫為」的涵義。

這本書雖是新作，來頭卻不小！它獲得了 2013 年美國凱迪克金牌獎、美國圖書館學會年度最佳童書、紐約時報年度最佳童書、亞馬遜網路書店年度最佳童書、出版者週刊年度最佳童書、美國學校圖書館期刊年度最佳圖書等大獎。是一本囊括無數項圖畫書大獎、在全球 13 個國家以上售出了版權的重量級作品。

孩子很天真，同時也很貪婪，只要看到喜歡的東西就想擁有！只是，他們不太清楚那條不可逾越的界線在哪裡，往往也會幫自己找藉口：「自己只是不小心拿了」、「那東西對別人沒用處吧！」我家的天兵老二小小熊，上游泳課時就經

常錯拿到哥哥的泳褲，事後還會說：「反正哥哥那天也沒游泳課啊！」每次小熊哥知道了總是火冒三丈，直說：「不借而拿，謂之偷！」

小魚偷走小帽帽只是個很簡單的小故事，卻能與孩子不著痕跡的談「偷」這個嚴肅話題。這是一個寓教於樂的好教材。

我最喜歡那隻大魚用斜眼表示不悅，還有那隻「抓耙仔」螃蟹在告密時的可愛動作。這些也可以是您為孩子朗讀時的絕佳示範表情喔！

唸此書時記得要入戲點！把自己當成是那條滑溜的小魚，用滿不在乎的口吻說出無所謂的藉口與心情。您可以自行增添一些說明。比如，大魚突然醒了、螃蟹正在告密等等書內沒寫出來的情節。最後，還可以請孩子親自說出結局，以及他對這則故事的感想。

🏓 **熊家私房玩法**

① 帶孩子去魚市場走走，讓他們認識常吃的魚、學會分辨海水魚與淡水魚。

② 跟孩子談談「拿」與「偷」的區別、什麼是不該拿的東西？

③ 去圖書館找出更多關於魚的繪本或圖鑑來閱讀。個人推薦《菜市場魚圖鑑》這本書。

④ 買些海帶、紫菜來煮湯，告訴孩子們：「海草除了可以藏小魚，還很營養喔！」

💬 **朗讀範例**

由加拿大某地方電視台請一位優雅女士錄製的朗讀影片。
goo.gl/O9VGO0

美國某圖書館錄製的精采朗讀。
goo.gl/De5uia

也來欣賞作者的第一本創作、主題相似的《找回我的帽子》（I Want My Hat Back）。
goo.gl/JHqAP8

BOOK

05

★★★★★

《Owl Babies》
文：Martin Waddell　圖：Patrick Benson

故事大綱
貓頭鷹媽媽出去覓食了，留在巢裡的 3 隻小貓頭鷹很想媽媽，還跑到外面去找她……。還好媽媽及時趕回來，讓小貓頭鷹笑顏逐開。

本書特色
這是一本可以跟孩子談論「分離焦慮」、「父母離開」的好書。

本書是很好的幼兒教材，除了探討分離焦慮，也可以談論父母不在時的安全問題。

這本書讓我想起一部電影《貓頭鷹守護神》（Legend of the Guardians: The Owls of Ga'Hoole），改編自英文小說《Guardians of Ga'Hoole》系列。劇情開頭也是講一對貓頭鷹兄妹從樹上掉下來，故事滿精采的，也有人形容這是「貓頭鷹的《魔戒》簡潔版」。等孩子大些，不妨找出這部影片的 DVD 讓他們看。動畫很逼真，貓頭鷹的傳說更是令人著迷。

《Owl Babies》的畫風十分精緻，也成為吸引孩子的最大優點。我家迷你熊剛滿 2 歲時，有天在圖書館突然看到這本書，便主動從陳列架上把它拿下來，放到我眼前，希望

我唸給他聽。聽完一次又一次，可能是劇情跟畫面太吸引他了，久久不能罷休呢！雖然我以前就看過此書，但也是頭一遭領略到它對幼兒的吸引力。

孩子在幼小時都害怕父母親突然離去。還有，爸媽要特別注意這點喔，書中的貓頭鷹媽媽可以獨自出去找食物，但是，在美國與台灣的社會可不行，這會觸犯法律！絕不可以把兒童單獨留在家中，自己出門去辦事情喔！如果孩子因為不懂事而亂闖亂動，造成墜樓、火災等意外，後果可是得不償失！

在朗讀本書時，記得要區分 Sarah、Percy 與 Bill 這 3 隻小貓頭鷹的音調，不同角色配上不同的語調，這才能吸引孩子的注意力。而且，第三隻小貓頭鷹 Bill 每次只會說「I want my mummy!」小孩子通常都很期待 Bill 講這句話喔。

朗讀範例

很可愛的朗讀示範。
reurl.cc/k78gQx

這個朗讀也很精采。
reurl.cc/AKbYLK

🍚 **熊家私房玩法**

❶ 帶孩子到動物園的夜行動物區，看看不同種類的貓頭鷹有著不同長相，並了解牠們的習性。

❷ 跟孩子聊聊，當父母不在身邊或者他若不小心走失時，該注意的安全問題與因應的方法。例如，站在原地別亂走、可以向穿著軍警制服的人求救、平時就應該記住父母的手機號碼，以便在需要時可以隨時聯絡。

BOOK

06

★★★★

《A Splendid Friend, Indeed》

文 / 圖：Suzanne Bloom

 故事大綱

一隻超級聒噪的鵝和一頭不想被打擾的北極熊，牠們最後如何恢復友情呢？

 本書特色

這是一本談論友誼的書。讓孩子了解到，除非有必要，否則別總去打擾正在做事的朋友；如果不小心真的打擾到了，請記得說聲抱歉，讓對方知道「我很重視我們的友情」！

本書最讓人驚豔的是，在網路上我們就可親耳聽到作者示範的朗讀語調。沒想到，這位作者就像鄰家阿嬤一樣的慈祥呢！

我在 2014 年 6 月時，被澎湖縣政府教育處邀至澎湖縣的文澳國小英語村教學，對象是全縣的英語教師。在課程中，跟他們分享這本書與作者的朗讀紀錄片；結果，在場老師都十分驚豔作者 Suzanne Bloom 說故事的方法與張力，「原來繪本也可以這樣唸！」這段朗讀後來成為老師們公推最喜歡的一段示範。

其實，為孩子唸繪本的成功關鍵就在於戲劇般的聲音演出！父母如果可以放下身段，假裝自己就是那隻聒噪的鵝或無奈的北極熊，相信孩子一定會深深被此書吸引。也請務必聽聽作者的朗讀，實在太經典了！

這也是一本探討友誼的優質入門書。您家中的小小孩已經擁有死黨了嗎？他們會爭奪玩具或喜愛吵架嗎？從本書中，您可以順便教育孩子：**要學會跟人分享、懂得察言觀色，同時也要勇敢、大聲說出他對朋友的愛**；這樣子，友誼才能長長久久。

朗讀範例

來看看作者親自朗讀的版本。您會發現原來作者是這麼的親切；而且，簡單的繪本也可透過戲劇性的語調而變成不簡單的故事！

goo.gl/t42DjC

🖌 **熊家私房玩法**

❶ 告訴孩子，北極熊的家正因為地球暖化而快要融化的事。

❷ 請孩子列一張表，寫下他喜歡爸媽、爺爺奶奶、手足或好朋友的3個理由，並且找個時間大聲朗讀給那個人聽。

❸ 告訴孩子 snake（蛇）與 snack（零嘴）的區別。前者的母音是長音的 [e]，後者為蝴蝶音 [æ]。

❹ 此書也有推出簡體中文版。如果孩子很喜歡這個故事，也可以找來一起對照喔。

07

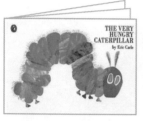

★★★★★

《The Very Hungry Caterpillar》

文 / 圖：Eric Carle

故事大綱

剛探出頭的小毛毛蟲，為了長大而努力的狂吃、猛吃，來者不拒！但是，牠也學到了一個教訓：飢不擇食會有惡果的……。

本書特色

這本書是童書繪本的重量級經典。它不但可讓孩子學到水果名稱、學會數數兒、知道週一到週日的英語說法，還可以認識許多的食物名詞，以及飲食應有節制的健康觀念！

記得有次我在美國的圖書館跟日本好友小林愛子討論此書，愛子很好奇的問我：「在台灣的人都怎麼講每週的日子呢？」我說是星期一、星期二、星期三、星期四……。

愛子覺得我們真有效率！因為，日語是用日曜日、月曜日、金曜日等來表示，這些詞彙並沒有數學規律性。英語在這點也相同，週間的每一天都有不同的說法：Sunday、Monday、Tuesday……，並沒有一、二、三、四、五、六等數字的規律性！所以，想記下這些英語字彙得要花些時間。而本書是練習 weekday 講法的好教材。

這本書還有一個很值得非英語系讀者釐清之處：外國食物的名稱。我家老大就曾問我：「媽媽，salami 和 sausage

有什麼不同？不都是香腸嗎？」其實，sausage 是香腸的通稱；而 salami 則是其中一種香腸，中文譯為「義大利臘腸」。它跟一般香腸不同的是，經過了乳酸菌的發酵而產生獨特的香味與酸味。也因為長時間的自然風乾，所以肉與脂肪粒粒分明，吃起來 QQ 脆脆、肉味香濃，且油脂乾爽而不沾膩。不同的義大利臘腸又以義大利 pizza 常用到的 pepperoni salami 最知名，這種臘腸切成單片之後還可當成佐紅酒的小菜喔。以上這些說明或許小小孩還不太能明瞭，但只要您哪天找來實品並讓他嚐嚐，他就會很清楚了！

當親子共讀這本書時，別忘了用手指頭鑽到卡爾爺爺設計的小洞裡，體驗跟著主角毛毛蟲吃水果、吃點心的感覺。也請記得要解釋最後一頁的大蝴蝶是怎麼變出來的！

朗讀範例中，有一則是我找到的珍貴影片：由作者卡爾爺爺親自朗讀自己的作品！迷你熊很愛這本書。當我播放這影片並告訴他就是這位老爺爺畫毛毛蟲的，2 歲 4 個月的他馬上就記住了。以後，每當我拿出這本書時，他就會立刻說：「這是那位唸書老爺爺畫的書！」

朗讀範例

作者卡爾爺爺親自朗讀自己的作品。
goo.gl/4kDT9y

熱愛繪本的網友 Alice 小姐，她的清晰朗讀也很不錯！
goo.gl/M5op3Z

🍳 熊家私房玩法

❶ 找一天帶孩子去戶外觀察毛毛蟲、抓蝴蝶！我個人的做法是：幫小熊們準備好捕蟲網、觀察盒；等他們抓到蝴蝶且觀察完畢之後，再讓蝴蝶重回大自然的懷抱！

❷ 找出本書裡的實際水果，讓孩子親自摸一摸，最好能拿刀子切開、現場品嚐！看到實品的同時也要不斷重複每種水果的中英文名稱。孩子很聰明，多聽個幾次，單字就會深印腦海了。

❷ 到有銷售歐美進口食品的賣場，試著買些醃黃瓜、義大利臘腸、整塊有洞的瑞士起司（Swiss cheese）等台灣孩子較少吃到的異國食物，讓他們嘗試這本書裡毛毛蟲吃的東西，增長對味覺的見識。

BOOK

08

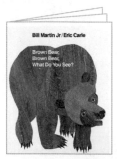

★★★★★

《Brown Bear, Brown Bear, What Do You See?》

文 / 圖：Bill Martin Jr. & Eric Carle

 故事大綱

透過重複的提問，各種動物紛紛說出自己看到什麼東西。

 本書特色

這是一本對幼兒來說十分實用的認字書，可以認識許多顏色、動物的名稱。知名的繪本作家卡爾爺爺出了很多類似的系列書，其中以這本最受好評，可說是代表作，不可不看！

以前住美國時，我發現每位美國友人的家裡都有好幾本卡爾爺爺的繪本。目前在台灣似乎也是如此了。

記得以前在誠品敦南店當企劃時，卡爾爺爺有來書店辦過簽名會。

當時還沒有孩子的我，看到書店裡到處都布置著毛毛蟲、棕色的熊，還以為是哪位生物學家來訪。當時因為工作太忙而沒參加簽書會。如今有了 3 個孩子，唸了無數的繪本，回過頭來看看，更能體會這位兒童繪本界泰斗的純真與魅力。真可惜當年在誠品無緣親睹卡爾爺爺一面！現在只能成為他臉書的粉絲或到 YouTube 聽他朗讀嘍。

　　如果您與孩子還沒唸過毛毛蟲與棕熊這 2 本書，那可算是入了兒童文學的寶山卻空手而回。請務必看看範例中的合唱版本。我家的老三迷你熊在 2 歲時最愛聽這本書的歌曲版。聽多了，也就能琅琅上口、跟著一起唱了！

　　以前在大學時讀「發展心理學」，研究裡提到**學步兒喜歡一再重複他們有興趣的事物**。這本書就是很好的證明。書裡面那些讓大人覺得厭煩的重複問答，孩子卻很愛一聽再聽！如果您家孩子又要您唸那第一百零一遍時，請多些耐心，這正是他努力學習的好徵兆喔！

　　切記，朗讀本書時，即使是同樣的問答句型也要用不同語調來陳述。例如，扮演熊的時候要用低沉的嗓音、貓咪用輕快的聲音、鴨子則還可以加上幾聲呱呱呱。

> 🐻 **熊家私房玩法**
>
> ❶ 這本書不只用唸的，更應該聽聽範例、學習如何用「唱的」來表現。因為，孩子們對爸媽的歌聲會更有感覺、吸收資訊更快！所以，強烈建議您務必上網觀賞歌唱版本，並與孩子一起唱。
>
> ❷ 此書也是認識顏色的好教材。讓孩子與您一同唸出顏色，再讓他把顏色跟動物做聯結。如，熊是咖啡色、鳥是紅色……。最好能中英對照，讓孩子可同時學會一種顏色在兩種不同語文的說法跟寫法。

朗讀範例

有一位很愛唱歌的 Nina，來看看她的饒舌版。
goo.gl/PUWwnJ

唱歌的版本有很多，也可上網找影片，讓專人唱給您聽。
goo.gl/wwxtGw

來聽聽可愛的朗讀。
reurl.cc/rQK2Rr

09

★★★★★

《Chicka Chicka Boom Boom》

文：Bill Martin Jr & John Archambault　圖：Lois Ehlert

 故事大綱
26 個英文字母相約爬到椰子樹上玩耍；但是，超載的椰子樹卻毫不客氣的把它們通通都給摔下來！

 本書特色
認識字母的一本好書！這也是美國幼稚園老師最常選用的輔助教材。

這本書在我家有段妙趣橫生的回憶。旅居美國時，我在圖書館找到一張很特別的 CD，專輯名稱與這本書相同，曲風十分搖滾。對於聽慣台灣單純（或者說幼稚）兒歌的我，有些不能接受。但是，當時分別是 5 歲與 2 歲的小熊們，一聽就狂熱的愛上了這張 CD。

這張 CD 除了有 2 首不同曲調的《Chicka Chicka Boom Boom》，還有很多首好聽的歌曲。當時才 2 歲的小小熊正在接受如廁訓練（potty training），夏天在室內常常只穿個尿布就跑來跑去。每當聽到那首非常搖滾風的《Chicka Chicka Boom Boom》，他就會跳上一個實木做的大型藏寶箱，拿根棍子假裝是電吉他，再戴上墨鏡，跟哥哥一起組成「尿布搖滾樂團」。2 個人一面唱一面跳，結束時還從木箱子上跳下來、擺出酷炫的 ending pose ！我和熊爸都笑彎了腰。

當年的瘋狂尿布吉他手，如今已長成 17 歲的高中少年。他本人早就忘記這件事了。但是，當他的小弟弟迷你熊聽到這首歌時，竟也開始跟著搖滾、要我連放 10 遍讓他熱舞！以前的畫面又回到我腦海……我家男孩都好愛這本書！

孩子的成長一轉眼就過了。但有首好音樂、有本不退流行的書陪他一起渡過童年，瞬間也能變成永恆。

當您為孩子朗讀時，請記得：既然是字母們相約到樹上玩耍，當然要用輕快的口氣來帶動氣氛。您也可以學學唱法，讓孩子多聽幾次這首歌，很快就會記下所有的字母喔！

當年的尿布搖滾樂團，也有穿上衣服、大跳熱舞的時候。

朗讀範例

網友 Kathy H. 女士的清晰朗讀。
goo.gl/gHRqM1

創立 Little Story Bug 的 Tracy 小姐，她朗讀的語氣很生動喔！
goo.gl/FTBVzT

很歡樂的唱歌版本。
reurl.cc/OpRgGg

🏓 **熊家私房玩法**

❶ 在磁性黑板畫一棵椰子樹，再去文具行買些字母磁鐵，親子共同玩這本書的唸謠遊戲。

❷ 學會唱這本書的歌，與孩子一面看繪本一面唱。

❸ 利用本書讓孩子認識英文字母。您可以多唸幾遍，再換成孩子來唸。

BOOK

10

★★★★☆

《Bark, George》

文／圖：Jules Feiffer

 故事大綱

一隻小狗會貓叫、鴨叫、豬叫跟牛叫，但牠就是不會學狗叫！
狗媽媽帶牠去看獸醫、治好疑難雜症之後，新的問題又來了！

 本書特色

用幽默的方式教導孩子學會動物名稱，以及一些動物叫聲的
英語用法。

這本書也是我在中文學校幼幼班講課時最受歡迎的教材
之一。孩子們很喜歡看我假裝戴上手套，學獸醫的樣
子，把手伸到小狗 George 的肚子裡拉出 4 種動物，而且這
4 隻動物一隻還比一隻大！

　　2014 年，民視邀請我上一個兒童節目《快樂故事屋》為孩
子們講故事。我帶了 2 本英語書去分享，其中一本就是《Bark,
George》。錄影現場的導播與企劃翻閱這本故事書時，就十
分讚嘆作者的巧思與創意，對於結局更是哈哈大笑。所以這
是一本大人也愛的超有趣繪本。

　　本書的結局最耐人尋味。如果說，George 是因為肚子裡
藏了貓咪而會貓叫，那，牠最後會學人打招呼說哈囉，難道

是肚子裡還藏有一個人？我想這是這本書最大的黑色幽默所在吧！只怕狗媽媽又要選擇她是要直接昏倒呢？還是再帶 George 去看獸醫了。

說到狀聲詞，中文與英文真是大不同！除了書中例舉的豬叫是「oink」，公雞的叫聲也很不一樣。在台灣，我們認為公雞是「喔喔喔」的叫，到了英語就變成「cock-a-doodle-doo」。這也是學語文的趣味吧！世界很大，光是動物的叫聲，不同種語言的表達方式也跟著不同。所以，教育孩子接受各種語言、文化的多樣性，可以打開孩子的視野，這也是讀英語繪本的另一種效益。

為孩子朗讀時，請記得用心模仿貓、鴨、豬、牛這 4 種動物的叫聲，最後也要告訴孩子狗的叫聲是怎樣子的。

朗讀範例

請注意這位圖書館員在敘述情節時，會隨著角色而轉換不同語氣。
goo.gl/tP1iM3

正常版的朗讀。
reurl.cc/mGk27W

🐻 熊家私房玩法

❶ 用紙做一個 George，在它的背面放一個信封袋，袋內放入貓、鴨、豬、牛等動物形狀的紙片。當您一面講故事時，一面拉出這些紙片！

❷ 告訴孩子：其實小狗肚子裡容不下這麼多的大動物，這則故事只是作者的幽默與想像。

❸ 讓孩子練習讀這個故事。或是讓他告訴您貓、鴨、豬與牛等動物在英語裡的叫聲。

BOOK

11

★★★★★

《Goodnight Moon》

文：Margaret Wise Brown　圖：Clement Hurd

 故事大綱

屋內的小兔子要睡覺了，牠跟房間裡的每一樣東西說晚安！

本書特色

這本書也是睡前故事的重量級經典。建議您在晚安故事的最後就使用這一本，這也是告訴孩子：真的該去睡覺了！

孩子愛聽故事，尤其是被塞到床上、要入睡前的晚安故事。有 3 個兒子的我，每次都要用牙籤撐著眼皮，幫孩子唸一本又一本的故事書。有好多次我都唸到一半、手中捧著的書本也歪了，自己唸著唸著都快睡著了；但是，眼前那雙小眼睛還總是亮晶晶地說：「再來一本！」、「Again, again!」。

專家常說，睡覺前要有一套固定模式，孩子才會乖乖的、認分的好好躺下。這本書可能就是所有模式當中的收尾儀式吧！而且，中外的爸媽都試過，還真是滿有用的！

這本書的共讀重點是：用沉穩、安撫的口吻，讓孩子睡覺前好好一起讀這本書。同時可以玩「I spy」找東西的遊戲，讓孩子在尋找東西的過程中認識新的英文單字。

本書中還能結合《鵝媽媽童謠》（Mother Goose）。比如，當您翻到繪本裡那頁「the cow jumping over the moon」的插畫時，還可以順便唸唸那首最知名的鵝媽媽童謠《Hey, Diddle, Diddle》：

Hey, diddle, diddle,
the cat and the fiddle,
the cow jumped over the moon.
The little dog laughed
to see such sport,
and the dish ran away with the spoon.

這裡找到的朗讀範例皆十分精采。尤其是動畫版本，音樂美、畫面佳！不妨讓孩子先看看影片，再找機會進行親子共讀；這樣子，孩子的接受度會更高喔！

> 🏓 熊家私房玩法
>
> ① 多找幾本晚安書，固定在每晚孩子睡前共同朗讀，做為家中的睡前儀式。我家老二、老三喜歡在睡前看迷宮遊戲與 I spy 系列，這是許多男孩都喜歡的書籍，不妨試試。
>
> ② 找本中英對照的《鵝媽媽童謠》圖畫書或 CD，試著唸幾首給孩子聽。

朗讀範例

很棒的動畫版朗讀。
reurl.cc/e6Vge7

網友 Auntie Shella 的生動朗讀版。
goo.gl/cWMFBL

很會唱繪本的 Nina 唱給您聽！
goo.gl/DIR0gE

BOOK

12

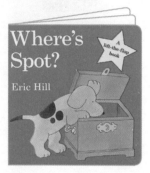

★★★★

《Where's Spot?》

文 / 圖：Eric Hill

 故事大綱

吃飯時間到了，小狗 Spot 卻不見了！媽媽到處找，卻在家裡找到一些意想不到的動物。但是，Spot 到底在哪裡呢？

 本書特色

這是一本適合低幼的翻翻書。在尋找小狗的過程中，可以認識許多動物，還有居家擺設跟家具的英文名稱。

在美國小孩的童年裡，Spot 與 Clifford 應該算是最有名氣的狗明星了，牠們都曾當過繪本與卡通的主角。

Spot 是一隻黃底帶有黑點點的小狗，天真又充滿好奇心。牠的好朋友有河馬、鱷魚（體型都滿大的），還有猴子；爺爺奶奶也是好夥伴！而最常出現在 Spot 身邊的，當然是一直愛牠、守護牠的狗媽咪嘍。

Spot 系列的繪本以 1～4 歲的幼齡孩童為對象。畫風很簡單，沒什麼繁雜的背景或故事。這麼單純、開心又總是充滿著微笑的黃色小狗，受到許多美國孩子的喜愛，並成為他們共同的童年記憶。

至於美國人童年回憶裡另一個狗明星 Clifford，牠可就不是普通的小狗狗了！

故事描述牠是一隻身型超級巨大的狗，光是睡覺的狗窩，就要像穀倉那麼大才足夠！也因為 Clifford 突然長得太龐大，狗主人伊莉莎白一家還為了牠從城市搬到一座小島上……。與 Spot 的設定不同，Clifford 的故事主要是給幼稚園中班、大班到小學一年級左右的孩子閱讀；因此，也加入許多跟學校生活有關的內容，情節要比 Spot 複雜些。對這故事有興趣的家長，也可以找這系列的書或改編的卡通來看看。

我在 YouTube 網站找到了作者 Eric Hill 老爺爺朗讀的珍貴影片。片中他說這本書是 Spot 系列的第一本！遺憾的是，當我在 2014 年動手寫這本書時，作者在該年 6 月已於美國加州過世了；所以，這段朗讀影片也成了他最後的身影紀錄。

至於《Where's Spot?》的親子共讀，重點在於朗讀者要唸出母親尋找孩子的疑問音調。同時，也要讓孩子告訴您，翻頁後面的東西到底是什麼。

朗讀範例

由作者親自朗讀的珍貴影片。
goo.gl/skq9dC

訪問作者如何創造出這隻小狗狗的精采片段。
goo.gl/zlNsHO

熊家私房玩法

❶ 與孩子在家裡玩躲貓貓（捉迷藏）。大家輪流當鬼。孩子在小時候都很愛玩捉迷藏的遊戲。有時候，他只會知道把自己的頭藏起來，結果身體還露在外面讓您捉！

❷ 在跟孩子閱讀這本書的時候，也讓孩子知道自家裡的家具與房間的英文名稱。

❸ 有機會的話，養一隻小狗，讓孩子學著照顧牠。這也是很好的生命教育。

BOOK

13

★★★★☆

《Hide-and-seek Elmer》

文／圖：David McKee

 故事大綱

大象艾瑪與好朋友小鳥玩躲貓貓。但是艾瑪一直找不到小鳥，卻找到一堆別的動物。到底小鳥在哪裡呢？

 本書特色

這也是一本低幼孩子超愛的翻翻書，可藉此認識到許多的動物名稱與叫聲。

《大象艾瑪》一書迄今已譯為二十多國語言，虜獲全球無數幼兒的心，是歐洲「寓言大師」大衛‧麥基的經典之作。原書在台灣曾獲選為 2002 年「好書大家讀」的年度最佳童書。這裡介紹的並非原書，而是其衍生作品、專給低幼孩子的翻翻書。

其實這個系列的繪本都值得一讀書中主角大象艾瑪最特別的就是：牠和其他大象的顏色不同。艾瑪是有著花格子紋的大象，牠喜歡講笑話，是大家的開心果；只要牠在，絕不會冷場！可是，牠卻有個小小的煩惱。

為什麼自己不是普通的大象呢？有一天，牠想了個辦法讓自己身上的顏色變得跟別人一模一樣。可是，當牠和別人一樣時卻變得很不好玩了。於是，牠決定還是做自己，恢復原來的樣子。

英籍的大衛・麥基的創作領域十分廣泛，從繪本延伸到影片，以及主角周邊商品的開發，全都成功地打進大人小孩的世界。他最有名的《大象艾瑪》系列，自從 1989 年問世以來，至今已用了繪本、立體書、有聲書、拼圖與玩偶等形式來呈現，並在數十國廣為流傳。全世界的孩子都好愛這隻可愛的花花大象！

我家老三迷你熊也是這系列的死忠書迷——其實，他喜歡這本翻翻書更勝於原著《大象艾瑪》。因為，第一本原著的用詞較深，而這本翻翻書則運用許多重複的簡單句子。比如，艾瑪的句型總是「Bird, is that you behind the ○○○？」（○○○可套用為紅花、藍色灌木等）。每次翻出來的結果，躲在那裡的都不是小鳥而是別種動物。猜猜看，小鳥到底躲在哪裡呢？請帶著孩子共同翻完每一頁，翻到最後就知道了，這隻小鳥可是躲在一個讓人想都想不到的地方喔！

朗讀範例

小熊媽示範朗讀。裡面登場的動物們，語調都各有特色喔。
goo.gl/rDynni

由 Book App 公司分享同系列繪本《Elmer and Rose》的朗讀影片。
goo.gl/ewMUSL

我家老三最愛一面看著這本書，一面畫著 Elmer 的著色畫。

大衛・麥基的用色十分鮮豔、動物造型也很特別。難怪我家老三一直要我重複唸不下 100 遍，繪本書也快要被翻爛了。

🍶 **熊家私房玩法**

❶ 打造一隻專屬自己的大象艾瑪！畫一隻大象，並在它身體畫上棋盤狀的格子紋，然後讓孩子照著《大象艾瑪》的形象來隨意著色。

❷ 跟孩子在家裡玩躲貓貓。您會發現，愈幼小的孩子愈會主動告訴您「我在這裡！」當有天他開始不回答您的呼喚時，就代表他又長大一些了！

14

★★★★

《Hattie and the Fox》

文：Mem Fox　圖：Patricia Mullins

故事大綱

母雞 Hattie 看到一隻狐狸偷偷躲在樹叢裡。牠想警告農場的動物們，可是大家都不相信……這故事的結局可是會讓大家都嚇一跳哦！

本書特色

這則農場故事的設計特色就是重複用詞。農場的每隻動物都對 Hattie 的警告毫不在乎，並且很無禮的用重複回答來敷衍 Hattie。不過，動物們的這些回答到了最後卻變成惶恐的驚叫。前後對照，正是本書最有趣的地方。

這 本書常常被美國小學改編成簡易戲劇上演。母雞從看到狐狸的鼻子到更多輪廓，其他動物則滿不在乎的回應，這樣的情節本身就很有戲劇張力。

　　這也是很經典的美式農場繪本。描寫農場人事物的內容，對台灣孩子來講可能較有距離感，但對美國孩子來說卻很親切。美國是農業大國，台灣除了豬肉以外，也進口了大量的美國農產品，如黃豆、小麥、牛肉等。所以，美國孩子從小就看了很多關於 farm（農場）的繪本。我家小熊從小在美國長大，他也一樣。

記得以前小熊在美國聽我朗讀這本書時，曾經很期待的問我：「媽媽，狐狸會來我們家嗎？」還好，當然沒有！狐狸是想吃雞及其他動物時，才會接近農場的。我們在美國買的小木屋並沒有養這些東西，因此不會有狐狸出沒。但我們在美國鄉間也見識了不少野生動物。我最喜歡的是北美紅山雀（cardinal）。全身火紅的牠，**很喜歡站在陽台旁的紫丁香樹叢裡唱歌，那情景是說不出的美！**

還記得台灣同學會裡有位音樂女博士，她某日經過樹叢時突然被飛奔而出的鹿撞倒，結果竟然手臂脫臼、裹了好久的石膏，真倒楣！聽說，在美國鄉村發生這種鹿撞人或鹿撞車的事件很稀鬆平常。

雖然鹿與狐狸都沒來我家，但是土撥鼠、小松鼠與花栗鼠倒是經常現身在後院。我與孩子們都很懷念那段鄉居歲月。

為孩子朗讀時，請注意強調 Hattie 那種緊張兮兮的聲音，對比了其他動物滿不在乎的口吻，這種戲劇效果，可以成就最後讓人意外的結局喔。

朗讀範例

很不錯的朗讀示範。
reurl.cc/Zrlx7M

來看看美國小學生共同創作的動畫，十分精采！
goo.gl/2xf5TL

🫕 **熊家私房玩法**

❶ 與孩子在家裡玩躲貓貓（捉迷藏）。大家輪流當鬼。孩子在小時候都很愛玩捉迷藏的遊戲。有時候，他只會知道把自己的頭藏起來，結果身體還露在外面讓您捉！

❷ 在跟孩子閱讀這本書的時候，也讓孩子知道自家裡的家具與房間的英文名稱。

BOOK

15

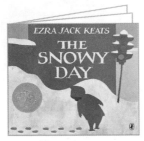

★★★★☆

《The Snowy Day》

文 / 圖：Ezra Jack Keats

 故事大綱

下雪的日子，小男孩在雪中愉快的漫遊。

 本書特色

如詩如畫的雪景，應該是住過雪國的孩子最能產生共鳴的地方吧！台灣孩子雖沒有打過雪仗、堆過雪人，038 也能在本書中體驗一下玩雪的樂趣。

記得我家老二小小熊在 2004 年冬天誕生後，我們住的德州 Galveston 海邊竟然在耶誕夜降下了當地 50 年來都不曾有的大雪！其實，Galveston 是個在夏天比台灣還要熱的美國南方都市，當地人全都為了這場大雪而感到開心。

小熊初次堆雪人也是在那一天。堆雪人其實並不容易。因為雪很重，而且美國的雪人也不是堆個 2 球就能解決的；得要堆 3 球、做出腰身才算數！還得插根紅蘿蔔當鼻子。說真的，這紅蘿蔔還真不容易插進去呢！

記得我與小熊推雪球時，一開始很開心，到後來就因為沒力而放棄了！我們只好站在別人堆的雪兔旁邊合影留念。當時小熊才 3 歲多，他到現在還記得那一天以及那隻大雪兔。

照理說，3 歲孩童是沒什麼記憶的。可見得，玩雪對孩子來說是多麼深刻、歡樂的回憶！台灣平地不會下雪，但我想，大家在看過這本書之後，應該也較能體會到那種美好感受吧！

說真的，住在美國中西部的那段日子，最棒的事情除了帶著孩子唸很多的英文書（全都是到圖書館免費借閱的），其次就是能夠體驗到那種每逢秋天楓葉會變紅、冬天會下雪的日子！台灣四季如春，雖然這能省下不少的暖房費，但是，孩子們沒也機會像書中的小男孩一樣做雪天使、做雪球，真的很可惜！

建議親子共讀本書時，父母要用輕快、帶有第一次嘗試的愉快口吻，帶出小男孩在雪地裡的有趣體驗。

🍵 熊家私房玩法

① 暑假期間可能會有些雪地體驗展覽，盡量讓孩子去體驗玩雪的心情。

② 冬季則帶孩子去韓國、日本北海道，或是當合歡山下雪時，領著他們一起做出自己的雪天使。

朗讀範例

製作超棒的動畫片。
reurl.cc/X4anmD

Linda 小姐為大家朗讀經典故事。
reurl.cc/8Wbm0M

小熊人生的第一場雪與大雪兔。

BOOK

16

★★★☆

《Mother, Mother, I Want Another》

文：Maria Polushkin Robbins　圖：Jon Goodell

故事大綱

小老鼠睡覺前，說想要另一個媽媽。這讓鼠媽媽勞師動眾，找了許多其他動物媽媽來哄牠睡覺。但是，小老鼠更生氣了——原來，牠要的「另一個」是指晚安吻（goodnight kiss）而不是另一個媽媽。鼠媽媽搞錯了喔！

本書特色

這也是另一個讓孩子認識不同動物叫聲的模範書。當每種動物媽媽唱歌時，都會發出特有的叫聲。同時也可讓孩子藉此來學習動物名稱、各種動物的大小。這本書的插畫，比例超精準！看這本書要比去動物園來得快速又有趣。

這本書很有趣。故事一開始可能會讓媽媽傷心：怎麼自己的孩子想要換個媽媽呢？我若是鼠媽媽，聽到這樣的話可能會捶心肝吧。她後來找來這麼多的動物媽媽都不能讓小老鼠滿意，直到最後小老鼠終於說出牠真正的意思：「我要的是另一個晚安吻，不是另一個媽媽！」

孩子還小的時候表達能力很有限，大人常因會錯意而誤解他們。我家小熊以前在美國念小學時就曾被老師誤會過。某日，小一的老師在聯絡簿寫著：「小熊沒聽指示去偷拿獎品，事後又撒謊說他沒有去拿！」看到這種指控，我心裡涼了半截：我的孩子怎會做出這種事情？

小熊是個運動神經好、語言發展卻很慢的男孩。他很晚才開口說話，還講得結結巴巴的；所以，能不說話就不說，不然就簡單帶過。身為母親，當時我直覺此事必有誤會。但我問了小熊好久，他也只會哭，中間夾著幾句聽不懂的「禮物……、換位置……」，其他就說不出個所以然。我耐著性子問了他整個下午，才慢慢拼湊出事情真相。原來，當天班上換位置，原本坐第一桌的小熊換到第二桌，但老師下課時又發出指令：坐在第一桌集滿乖寶寶獎章的人可以去禮物區拿禮物！小熊有達到標準就直接去拿禮物了，卻忘了自己已不坐在第一桌了。當老師發現並質問他時，他卻緊張到只會說一個字：「No」、「No」、「No」……。這讓老師更生氣，認為他狡賴。

隔天我向老師解釋，老師才了解真相。**所以，我們大人對小孩千萬要有耐性，別把孩子的話斷章取義。**像本書中的鼠媽媽，搞了半天還勞師動眾，原來孩子只是想要「另一個」晚安吻而已！

本書的朗讀重點在於模擬各種動物媽媽的叫聲。仔細搭配，更能增加親子閱讀的樂趣。朗讀到最後，也請記得給自己的寶貝一個大大的吻喔！

朗讀範例

這家圖書館精選一些經典繪本來錄製成朗讀影片，畫面裡都有個虛擬人物。這本書由一位虛擬的女主播來說唱！
goo.gl/4gqFVt

加拿大某公立圖書館自製的朗讀影片。
goo.gl/trhxV1

🐻 熊家私房玩法

❶ 每天晚上睡覺前，固定講幾本故事後，給孩子一個大大的 goodnight kiss，當成孩子的睡前儀式。

❷ 學書中的動物媽媽們，唱一段英文搖籃曲給孩子聽。

❸ 玩一玩「考記憶」的遊戲。講完故事之後，請孩子說說總共有幾種動物媽媽來安撫老鼠寶寶？先後順序是怎樣？

❹ 其實老鼠有非常多種類喔！帶孩子去寵物店看看各種老鼠，認識一下黃金鼠、三線鼠、天竺鼠及小白鼠等常見的寵物鼠。

小熊在美國念小一時，班上的分組活動。

17

★★★★☆

《The Little Mouse, The Red Ripe Strawberry, and The Big Hungry Bear》

文：Don & Audrey Wood　圖：Don Wood

 故事大綱

老鼠找到了紅草莓，但是遠方卻傳來愛吃草莓、飢餓大熊的腳步聲，牠要如何保住美味的草莓並遠離熊掌呢？

 本書特色

一本與孩子互動性超高的佳作。想保住好吃的草莓嗎？那就快快吞下肚吧！

我在美國中文學校教學時，這本書是低年級孩子的最愛。只要誇大地唸出來，孩子們通常會瞪大眼睛、屏氣凝神的等待好笑結局。同時，他們也不會忘記 strawberry 就是「草莓」這個名詞。有個孩子還真的牢牢記住這故事，之後每次吃草莓時還會告誡媽媽：「千萬不要告訴飢餓的大熊，我們正在吃草莓喔！」

本書內容可說是朗讀者與老鼠的對話，所以，語氣千萬別太呆板！

要如何讓小老鼠乖乖的分草莓給您吃呢？唸得愈誇張就愈有可能啦！比如，把自己當成告密者，用師長般的警告語氣

對小老鼠說話。也請您一邊講故事、一邊用力踏腳、假裝遠方的大熊就要來了。最後,別忘記邀請孩子一起發出咬草莓的聲音:「嘖嘖嘖,Yummy!」

朗讀的同時也別忘了跟孩子進行問答。比如,問他們:「老鼠的防熊招式真的有用嗎?」最後要跟孩子一一否決。尤其當情節發展到老鼠把草莓偽裝成假人並一起喝茶時,這個橋段最爆笑了,您可以和孩子一起大聲說:「熊才不會上當!」孩子們的參與感強,對這本書自然就難忘。

台灣有些地方(像苗栗大湖)的農場可讓人採草莓。採草莓、吃草莓,也是許多人共同的兒時回憶。因此,這本書常能帶給台灣孩子很熱烈的迴響。我家老三迷你熊(小名「熊董」)就是其中一位。他因為酷愛草莓,2 歲聽此書時便堅持要母親連唸 20 遍!直到我喉嚨「梢聲」(台語「聲音變沙啞」)為止。

🌰**熊家私房玩法**

❶ 在家裡跟孩子演戲,用布偶或手偶重現故事情節。

❷ 跟孩子出門去採草莓;也可以一起切草莓,或是分享沾了煉乳、鮮奶油的草莓。

❸ 買一把孩童專用的塑膠菜刀(39 元店有賣,很好用),讓他幫忙練習切水果。草莓、蘋果、奇異果等都是很好的練習對象。

❹ 到圖書館找出更多有關於老鼠、熊與草莓的繪本或圖鑑,並跟孩子一塊兒閱讀!

朗讀範例

美國第一夫人蜜雪兒歐巴馬在 2012 年於白宮朗讀這則故事給孩子們聽的紀錄片。
goo.gl/DCCkNk

澳洲某公立圖書館 Story Time 的專業版朗讀。
reurl.cc/Y9kzDa

一位幼兒園男老師的朗讀示範。
reurl.cc/Wk89zy

BOOK

18

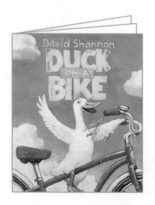

★★★★☆

《Duck on a Bike》

文／圖：David Shannon

 故事大綱

有隻鴨子突發奇想，牠覺得自己能騎腳踏車，而且還真的做到了！牠向農場裡的動物們炫耀，每隻動物對此各有看法。到最後，大家也都忍不住一起找機會騎上腳踏車！

 本書特色

一本會讓喜愛動物也愛騎腳踏車的孩子愛不釋手的幽默繪本。

很多人都看過《No, David!》、《David Goes to School》。這 2 本書的作者 David Shannon 是美國著名的凱迪克大獎得主，他能畫又能寫，還能抓到孩子最調皮的渴望與時刻。David Shannon 出生於美國華盛頓州，畢業於加州的藝術設計學院，後來搬至紐約，勤於個人設計的領域。家喻戶曉的兒童繪本《No, David!》則為他獲得凱迪克銀牌獎的殊榮。

David Shannon 的作品充滿了許多讓人會心一笑的幽默感。這本《鴨子騎車記》也可以讓孩子學習許多東西：動物名稱、動物叫聲、動物的性格……。最棒的是，David Shannon 的畫，本身就是藝術品！當我家的兒子們在還不通言語時，光是看這本書的畫面就目不轉睛了。尤其是喜愛動物的老三迷你熊，他在 2 歲半時的床頭讀物便指定要這本！

當時他剛好也在學騎附有輔助輪的腳踏車，所以對鴨子騎車這件事十分有認同感！

我個人是學粉彩畫的，但是 David Shannon 的粉彩畫卻有個特點：很像油畫！例如，他把書中的腳踏車那閃閃發亮的金屬把手畫得唯妙唯肖。他的油畫很有特色，卻不會帶給人難以親近的感受，反而會讓孩子對他的繪畫感到好奇並且深深著迷。這也是他的繪本作品很獨特，且廣受好評的主因吧！

此外，如果您家孩子還不敢騎上腳踏車，這本書也許會給他一些動機與鼓勵！現在有很多孩子都從 push bike（滑步車）開始練騎。不過，我家的老三還是採用傳統的做法：從三輪車直接跳到輔助輪腳踏車。他可能是看了這本書之後，對於能直接騎腳踏車的事情很有好感吧！孩子看到連鴨子都敢騎了，自己也跟著不怕了！

本書親子共讀的重點，在於各種動物的叫聲與語調要模仿逼真。這樣，孩子絕對會向您央求「再唸一次！」

朗讀範例

這位女士朗讀的語調很生動喔！
goo.gl/T8EK8t

🥁 熊家私房玩法

❶ 找本跟農場有關的圖鑑，讓孩子認識農場動物的名稱、以及牠們對人類的貢獻。

❷ 向孩子解釋三輪車、腳踏車、獨輪車的區別。

❸ 現在有很多媽媽都會買 push bike 給小小孩，這可以讓他們先練練平衡感。如果價格不貴的話，不妨買來試試。但我個人經驗是：只要在兒童腳踏車加裝輔助輪，2 歲多的孩子也能夠很輕鬆的騎喔！而且，台灣製的小型腳踏車只要台幣 1,000 元左右就可買得到。我自己是上網找，還可郵寄到家，十分方便！早點讓孩子練習騎腳踏車其實沒那麼難，放手讓孩子試試吧！

讓孩子早點接觸腳踏車，本書是個很不錯的催化劑。

19

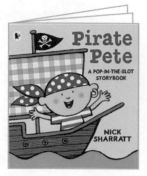

★★★★

《Pirate Pete》

文／圖：Nick Sharratt

 故事大綱

小海盜皮特（Pete）出海了！他在海上看到好多「奇怪的」東西，包括甜甜圈、獨眼海盜汪達，還有指引他的老海盜……。最後，皮特找到了藏寶箱，裡面的東西也是千奇百怪，任君選擇喔！

 本書特色

這是剛出版沒幾年的互動繪本，孩子可以決定皮特要看到、要選擇的寶物。 每種東西都可以拿起來、插到圖片的細長孔裡。互動過程還可讓人學到許多物品的單字。幽默感與創意都滿點！

這本書是迷你熊 2 歲時最愛讀的童書。書中附有 30 個配件，爸媽在講故事的時候可隨機拿起配件並插入孔中，創造出有趣、獨特的故事。例如，您們可讓皮特在海裡看到一隻鯊魚，在海裡的也可以是美人魚或長頸鹿！

讀完第一遍之後，孩子們會發現到自己其實也可以創造故事。所以，在重讀時就會紛紛出現各種天馬行空的答案。比如，小海盜皮特最後在寶藏箱裡找到鱷魚或一束花，然後帶回家給媽媽……。

這本書還有姊妹作《Once Upon a Time》。跟小海盜皮特相比，這則關於公主的故事更受到小女生歡迎。操作方式也跟《Pirate Pete》相同，都可任您自行創作故事。

《Pirate Pete》用了很多海盜專用的語言，可能需要向孩子稍做解釋。比如，「shiver me timbers」是古時北歐海盜的經典用語，來自海盜船著陸或擱淺時船體發出的聲音。也有一說這是用來表達驚訝與震驚的意思。

總之，本書的親子共讀技巧在於：首次閱讀前要先向孩子說明插卡上物品的中英文名稱；第二次就開始讓他自行拿插卡，邊聽您講故事邊編想情節內容。

附帶一提，由於這本書目前在網路上找不到較好的朗誦示範，所以就由熊媽我親自下海啦！希望大家喜歡。

朗讀範例

由小熊媽親自獻「聲」的示範。在玩插卡時，記得也要唸出每樣可替換之物的名詞喔！
goo.gl/95Z6Vn

🏓 熊家私房玩法

❶ 把紙箱或沙發當成海盜船，與孩子演演海盜航海記。如果您更厲害的話，不妨試著把這本書裡面的東西畫在大型紙版上，讓孩子在「船上」就可以看到！

❷ 選出書裡面那些不合邏輯的物品。比如，老海盜手裡拿來指示方向的是龍蝦而不是雨傘。要跟孩子解釋其中的幽默與笑點。

迷你熊很喜歡自己操作這本書。

BOOK

20

★★★★

《Llama Llama Red Pajama》

文 / 圖：Anna Dewdney

故事大綱

駱馬 Llama 該睡了，牠卻睡不著。媽媽在樓下做事、接電話，牠卻鬼哭神號的要媽媽來陪牠！害媽媽嚇一跳，以為發生什麼大事。

本書特色

又是一則關於睡前的故事！但是，有機會讓孩子知道駱馬這種少見的動物；而且，還有多組押韻腳的單字哦，是本書一大特色。

本書主角 llama 對台灣孩子來說比較少見。學名 lama glama 的駱馬，是南美洲獨有的駱駝，與其他 3 種長得很像的原駝、小羊駝、羊駝合稱為美洲駝。在古代印加帝國及其他安地斯山脈地區，原住民廣泛蓄養駱馬，用來背負重物、製造纖維或做為食物。

南美山區的印第安人喜愛養駱馬（llama），其次則是羊駝（alpaca）。羊駝跟駱馬的區別主要在於體型與經濟用途。羊駝平均來說比較小隻，產毛豐富且纖維長，能做為毛料織品。駱馬比較大，因此又被稱為「大羊駝」。**駱馬的毛較少，主要做為搬運和騎乘之用**。在交通不便的安地斯山區，駱馬能背負重物行走好幾里路，是當地人的好幫手。駱馬的好奇

心很強，也樂意接觸人類。牠們非常聰明，在幾次嘗試之後就可以學會新事物。還有，牠們是群居動物，喜歡跟同類組成族群。有趣的是，駱馬會用吐口水的方式來教訓低階成員。不過，駱馬在族群裡的社會地位是不斷變動的，可能只要一次小小的打鬥就能獲得到很高或跌到很低的地位。

也許，現在台灣孩子可能對駱馬也沒那麼陌生了。因為有部美國卡通《愛冒險的朵拉》（註），故事裡就常常出現 llama。卡通女主角 Dora 的設定是拉丁美洲的小女孩，那裡就是 llama 的故鄉。

註：《愛冒險的朵拉》，原名 Dora the Explorer，也有人譯為《愛探險的朵拉》。

還有，請告訴孩子：不要叫牠們「**草泥馬**」！這種叫法其實是**某個髒話的諧音**。在網際網路流傳的「草泥馬」最早在 2009 年初出現於百度貼吧，之後就在網路聊天室、論壇廣為流傳。其形象取自羊駝或駱馬，但根本就是誤用，而且十分難聽。我常在木柵動物園聽到大人也這樣稱呼羊駝或駱馬，真是讓人臉上滑下數十條黑線。拜託，請別教壞孩子！

此書也常常被美國家長當成睡前讀物。告訴孩子要乖乖睡覺，不要疑神疑鬼或老是叫媽媽，媽媽也有事情要做喔！

這本書的朗讀重點在於語氣。一開始很平穩，到後來則愈來愈緊張、高亢，用聲調來表示 baby llama 的不安心情。

朗讀範例

很棒的朗讀示範！多次重複相同韻腳的 mama、llama 跟 pajama，是不是也讓人在不知不覺中也記住了駱馬跟睡衣的英文單字了呢？
goo.gl/lyDtj1

🥄 **熊家私房玩法**

❶ 找出駱馬（llama）與駱駝（camel）的照片，讓孩子比較這兩種動物的不同。

❷ 告訴孩子睡覺時不用害怕，房間裡也不會有怪東西。如果想爸媽的話，可以過來找爸媽，不需要在房間裡歇斯底里的大叫。

❸ 如果可以，週末與孩子打地鋪一起「在家露營」吧，當做對他這一週以來表現的獎賞。

21

★★★★

《The Carrot Seed》

文：Ruth Krauss　圖：Crockett Johnson

 故事大綱

小男孩種下了胡蘿蔔種子。但是爸爸、媽媽、哥哥都來澆他冷水，說應該長不出東西吧！結果證明：有志者事竟成。

 本書特色

簡單的對話，卻顯現出一位小男孩的執著。這本書告訴孩子不必太在乎別人的看法，只要勇敢去做就會有收穫。

對於旅居美國的回憶，最難忘的應該就是我與孩子合力種了一塊菜園吧！

住在肯塔基州時，當地有很多來自台灣的長輩，他們多半是自己耕種、自己育苗。因為，美國人吃的蔬菜，與我們台灣人常吃的很不同。

美國人吃蔬菜，多半是生菜沙拉搭配各種醬料；我們則習慣用大火快炒，也算是消毒。記得我有次興沖沖拌了一大盤青菜沙拉給熊爸，他馬上白我一眼、推開盤子說：「我又不是山羊！」所以，我們在美國還是吃大火炒青菜。當然也自己種絲瓜、四季豆與番茄。

美國鄉下地方喜愛園藝的人很多。每到春天，大家就開始購買花苗、菜苗。

一開始，我也去店面花幾塊錢買育好的苗，如番茄、茄子、大黃瓜等。因為直接買苗與親自用種子育種的費用差滿多的，到了後來，我就開始試著買種子、自己育苗。育苗的時間，大概在降雪還沒完全停止時，就要在室內開始了。

沒想到，最成功的竟然是四季豆！我用一種叫 Kentucky wonder 的種子，育出的苗會長得很好；等到收穫時節，每天都可以摘一大籃的四季豆！最後，實在是多到吃不完了，只好水煮、剁碎……，然後包成四季豆水餃、存在冰箱冷凍庫裡慢慢吃。現在回想起來，自己種的青菜完全有機、無毒，實在是一件很美好又健康的事。

書中多次出現這句話：「I am afraid it won't come up!」其實，植物萌芽在英文裡可用「come up」來表示，這點也要跟孩子解釋清楚喔！

朗讀範例

一段中規中矩的朗讀。

reurl.cc/Epbdxn

reurl.cc/Ddb5VN

> 🏓 **熊家私房玩法**
>
> ❶ 讓孩子自己種些花花草草，建議買些九層塔的種子，或非洲鳳仙花的種子，十分容易發芽、培育成功！
>
> ❷ 當孩子想嘗試新事物時，大人要多鼓勵、少潑冷水。創造力來自不斷的好奇與嘗試。如果因為怕沒結果，那就會什麼都不敢做了。

我鼓勵孩子試著自己種菜、自己照顧。

22

★★★★☆

《Just Grandma and Me》

文／圖：Mercer Mayer

故事大綱

我跟奶奶一起去海邊玩。我架遮陽傘、放風箏、買熱狗給奶奶吃；我們還堆了沙堡、一起玩水……海邊實在太好玩，我也在回家的路上睡著了。

本書特色

描述在海邊玩沙的美好回憶，回憶裡還有我最愛的奶奶。

不論是玩雪、玩沙，都是孩提時代最美好的回憶。本書很容易得到孩子的共鳴。像我家的小熊就很喜愛這本書。因為書中提到了我們常見的夏日場景：沙灘、大海、堆沙堡、玩水等樂趣；還有孩子小時候最愛的奶奶或外婆的陪伴，形成了溫馨的美好回憶。

記得我們剛搬到德州海邊時，小熊才 1 歲半，當時他根本不敢赤腳走在沙灘上呢！接下來，我們在這裡的海邊渡過了 3 年多的日子。

母子倆總是在海邊餵鷗鳥、踩浪花、把自己的腳埋在沙裡、堆起周圍有運河的沙堡……雖然是窮留學生的日子，如今回想起來，卻也是人生最難忘的幸福時刻。那時，我經常對小熊唱一首《大海啊，故鄉》。歌詞是這樣的：

小時候　媽媽對我講　大海就是我故鄉

海邊出生　海裡成長

大海啊大海　是我生長的地方

海風吹　海浪湧　隨我飄流四方

大海啊大海　就像媽媽一樣

走遍天涯海角　總在我的身旁⋯⋯

朗讀範例

由網友媽媽分享的自製影片。
goo.gl/SQqDVb

作者 Mercer Mayer 親自朗讀同系列作品。
goo.gl/si7kkb

　　當時唱著唱著，心裡頭其實有些酸楚。大海雖美、孩子也可愛，但是人卻在異鄉。自己常常感懷不知何年何月才可以回到故鄉台灣，直到回到台灣，一顆漂泊的心終於定下來了。那段在異鄉海邊居住的日子，就成為小熊童年時代最難忘的回憶。而這本書，也成為我跟小熊十分有共鳴的愛書。

　　當親子共讀本書時，請記得用簡單的、快樂的、活潑的語調，以第一人稱來描述到海邊玩的美好時光！

住在德州的海邊時，小熊與自加州來訪的表哥即使是冬天也吵著要去海灘玩耍。

🏓 熊家私房玩法

❶ 帶孩子去海邊，買一套玩沙工具給孩子，讓他練習挖沙、做城堡。

❷ 如果不能常去海邊，也可以找個附設沙坑的公園，讓孩子練習玩沙。玩沙子對觸感與創意來說是很好的訓練。不要怕髒！請讓孩子多多嘗試。

❸ 可以讓孩子不時自己去住住奶奶家或外婆家。除了可培養祖孫的情感，也能讓老人家不會感到寂寞。

23

《Julian Is a Mermaid》

文／圖：Jessica Love

★★★★★

 故事大綱

小男孩 Julian 想要成為美人魚，奶奶也鼓勵他實現可愛的夢想。最後，他的夢想成真了！

 本書特色

本書主題比較特別，是探討**性別認同與性別選擇**的議題，但不過於嚴肅，充滿溫暖與包容。

這本書在台灣發行時，我受邀去參加新書的演講會，地點在台北重慶南路書店街。當時我覺得很好奇：為什麼台灣代理，要這麼慎重的為這本書辦一場規模不小的發行會？後來才知道，這本書當時在國外有不少的關注，因為講的是性別平等的議題。

台灣是亞洲第一個尊重同性婚姻的國家，不過在處理性別平權的議題時，還是有很大的爭議。基本上，我個人的立場是保持尊重，會推薦這本繪本也不只是針對性別的議題。作者在畫面的呈現上，十分富有美感，奶奶的身體豐腴但美妙，值得欣賞。

這個世界，其實充滿了各種不公平與歧視，但作者認為，不同的行為都應該給予尊重和欣賞，畢竟對於「男性與女性

該做的事情」以及「該有的想法」，在心理學上都被稱為刻板印象（stereotype）。大千世界，本來就會有各種各樣的不同，如果人們能互相欣賞、互相包容，世上的紛爭必定可以減少許多！更何況書裡的小男孩是那麼的可愛，誰說美人魚只有女生可以當呢？

愈是文明開化的地方，對於各種爭議性議題的包容力，也就愈強！在此特別推薦這本書給大家，希望能給孩子一個不同的觀點，同時用最純真的心情，去欣賞性別認同這件事情。

本書的畫風我也十分欣賞，十分洗鍊又帶有一絲漫畫風格，作者的姓氏「Love」更是一絕！

朗讀範例

reurl.cc/I9Zl3j

reurl.cc/rQZoNy

🍳 熊家私房玩法

❶ 讓男孩試著玩玩看扮家家酒，體會持家的樂趣。

❷ 教孩子做飯，尤其是男孩，體驗母親在廚房的心情。

❸ 鼓勵孩子表達自己心中真實的感受，尤其不要對男孩說：「你是男孩子不可以哭！」

BOOK

24

★★★★★

《Dr. Seuss's ABC Book》

文／圖：Dr. Seuss

 故事大綱

美國兒童文學泰斗蘇斯博士（Dr. Seuss）的傳世經典之作！
讓孩子認識 A 到 Z 這 26 個字母相關的有趣單字。

 本書特色

美國幼兒園與小學必讀的 ABC 識字書，不可錯過。

在美國，如果您問最受兒童歡迎的作者是誰？不論書店或圖書館人員都會告訴您是 Dr. Suess（蘇斯博士）！

　　蘇斯博士到底是誰？他本名西奧多‧蘇斯‧蓋澤爾（Theodor Seuss Geisel），是美國人最引以為傲的兒童文學作家之一。在白宮發布的美國文化「夢之隊」名單裡，他的名字與《夏洛的網》（Charlotte's Web）的作者 E. B. White 以及《草原小屋》（Little House on the Prairie）的作者 L. I. Wilder 並列。

　　蘇斯博士自從 1937 年出版第一本書，到現在一共創作了48 本圖畫書，總銷售量高達 2 億冊，共有超過 20 種語言的譯本，在美國歷年兒童暢銷排行榜上總是包辦前六名！世界最重要的兒童文學大獎也從來沒有缺過蘇斯博士的名字。包括了美國圖畫書最高榮譽的凱迪克大獎、普立茲特殊貢獻獎……還有 2 座奧斯卡金像獎！是的，他的兒童文學作品也

被改編成電影。

　　蘇斯博士生於 1904 年，卒於 1991 年。他是美國馬薩諸塞州斯普林菲爾德人，家住費爾菲爾德大街 74 號，離他父親擔任園長的「森林動物園」只有 6 個街區之遠，圖書館也在 3 條街以外的地方，是個讓孩子成長的理想場所。

　　或許因為如此，蘇斯博士從小就很喜歡畫動物園裡的動物，再加上與生俱來的想像力和幽默感，使得他日後也把信手塗鴉轉變成正職。蘇斯博士確實是一位高妙的畫家，他會親自為自己的書繪製插圖。由他撰文並繪製插圖的作品全都以「蘇斯博士」（Dr. Seuss）來署名，比如《穿襪子的狐狸》、《綠雞蛋和火腿》、《荷頓奇遇記》等。

　　美國教育協會將蘇斯博士的生日（3 月 2 日）定為全美誦讀日，也稱為「蘇斯誦讀日」。在這天，人們會朗誦蘇斯博士的作品，並把這當做一項有趣的公民義務。

　　當親子共讀本書時，記得要用帶著趣味、用一種唸繞口令的心態去唸內文，孩子一定會很喜歡。

朗讀範例

日本某私立英語補習班拍的影片，示範了如何運用手指指著畫面的方式，來引導幼童注意畫中的字母。
goo.gl/75jQhK

🥄 **熊家私房玩法**

❶ 蘇斯博士的電影也是很不錯的入門磚！他的作品已有 4 部拍成電影，中譯片名分別是《鬼靈精》、《戴帽子的貓》、《荷頓奇遇記》、《羅雷司》。試著去找給孩子看，寓教於樂。我家孩子就很愛看他的電影。

❷ 跟孩子一起唸本書，就像唸繞口令一樣有趣。最佳境界就是讓孩子唸給您聽！愈快愈好喔！

25

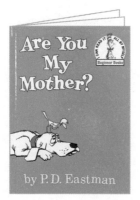

★★★★☆

《Are You My Mother?》

文 / 圖：P. D. Eastman

 故事大綱

小鳥孵出來了，鳥媽媽卻不見了！小鳥到處找媽媽，牠掉下巢，但不知道媽媽長什麼樣子，一路上牠遇到許多動物跟機器……有趣的是，牠最後竟然回到家也見到媽媽了！

 本書特色

這本書類似橋梁書，內容敘述單純，也很適合低年齡的孩子。此外，《Owl Babies》比本書早了幾年出版，講述小鳥找媽媽的故事，孩子很容易在其中獲得共鳴。

記得我在中文學校用雙語給幼兒園孩子上課時，這本書也是他們的最愛。我猜有可能是因為孩子都害怕媽媽會消失不見。尤其幼兒，常會有分離焦慮的感受。這是因為他們的抽象思考能力還不夠，所以無法理解「媽媽不見了，但還會再回來接我」的道理。

我家老二在美國念幼幼班，是在他 3 歲半的時候。剛開始前兩天，他還會很開心的跑進教室裡；沒想到了第 3 天，就哭著緊抱我大腿、不肯進去了！接下來 3 個月，每天上學都要這樣淚眼汪汪的十八相送！不過，聽老師說，等我一離開，他看到朋友及玩具，很快就恢復正常了！

再說我家老三熊董。他是一個高敏感、高需求的寶寶，對於與父母的分離會有很大的焦慮感，比兩位哥哥還嚴重！所以，當他 3 歲在台灣上幼兒園時，我特地找了一間可以允許爸媽陪讀的實驗幼兒園（這在台灣很少），並在學校裡陪讀了 3 個星期才放手離去。

當然，我只是默默坐在教室裡，絕不介入或干擾老師教學。陪讀是為了讓孩子漸漸了解：自己的安全堡壘「媽媽」並沒有丟下他而消失。等他與老師建立起依附、信任的關係後，我才用漸進式的方法離去。

根據研究，幼兒可以對 6 個人產生安全的依附感；所以，父母對於孩子的上學焦慮，不要有太大的罪惡感。面對這種情況，無論家長與老師都必須要有耐心，**並給孩子一些時間來建立他跟新還境的依附關係；等待他對老師產生安全感之後，事情就會變得容易許多了。**

這本書的親子共讀重點，就是：朗讀者要裝出小鳥可愛、無辜的聲音。若能將主角跟其他動物回答的聲音做出明顯區隔，您就成功一半了！

朗讀範例

2009 年的朗讀片，
依舊好看！
reurl.cc/bkNOYr

美好的男聲朗讀。
reurl.cc/xOKrpN

🏓 熊家私房玩法

❶ 平時帶孩子去森林步道走走，讓他們聽聽林間鳥兒傳來的鳴叫。

❷ 台灣的國家公園也會出版鳥類圖鑑跟鳥鳴聲的 CD，建議買來給孩子分享。也可上網 Google 一下，或在 YouTube 找出相關資料。

❸ 本書有提到早期蒸氣式的挖土機，很多小孩應該沒見過。沒關係！我們也可以找本圖鑑給孩子介紹幾種建築用車，讓他們知道挖土機、水泥灌漿車、砂石車的正確英語名稱。若您家的孩子是男孩的話，興趣會更高喔！

★★★★

《Where's My Teddy?》

文／圖：Jez Alborough

 故事大綱

小男孩與大熊分別遺失了他們的泰迪熊，卻陰錯陽差的發現了對方的泰迪熊。最後，當然還是物歸原主囉！

 本書特色

小男孩與大熊為了找自己的泰迪熊而有了森林奇遇。因為情節過於巧合，讓孩子覺得不可思議而感到有趣。

本書作者還有另一本更知名的作品《Hug》，這應該是風靡世界、家喻戶曉的大作了。但是，我個人更偏愛這本書，因為文字量更多，戲劇張力更強！在朗讀繪本時，孩子也會更容易投入故事裡的有趣情節。

記得小小熊在美國出生時，有許多外國友人送他「my first Teddy」（我的第一隻泰迪熊）！原來，美國人很早就訓練寶寶自己睡覺，但是寶寶晚上還是需要抱抱、要溫暖，所以爸媽就用 Teddy bear 或 blanket（毛毯）來取代父母陪睡的角色。也因此，許多孩子即使長大了，還會隨身帶一隻泰迪熊或毛毯來抱著。像《史努比》裡就有位小男孩老是離不開他的小毛毯。

我有位美國朋友，每當孩子來黏她時就拿出法寶「小被被」，要孩子先聞一聞、然後要他自己抱著小被被到一旁玩

耍。這招還真管用！這孩子的確就不會一直黏著她了。然而，這招卻從沒能對我家孩子發揮同等的神效。

根據我的觀察：吃母奶的孩子，對媽媽的情感依附較重！給他泰迪熊或小毛毯都無用。我家這 3 個小熊都還是只愛黏著母熊，對奶嘴更是棄如敝屣。所以小熊們很不能理解為何有朋友老是黏著一隻泰迪熊或小被被。**其實這只是教養方式不同，並無孰是孰非。**只是，未來戒熊、戒被被，也需要一番努力。還有，萬一搞丟了這依附物，麻煩更不小！因為，聽說有的孩子會認味道，給他買新的也不要。

本書的小男孩與大熊，也是在睡覺時一定要抱著各自的泰迪熊。只是很巧的，這兩隻泰迪熊長得好像！但是尺寸卻差很多。這就是故事弔詭卻有趣的地方。小男孩與大熊在遺失自己的泰迪熊之後，發現了對方的熊，卻又因尺寸差太多而煩惱……。仔細想想，這一切全都太巧了吧！不過，這正是本書幽默的地方。

當您與孩子共讀時，請務必區別大熊與小男孩的不同音調，發現到別人的泰迪熊時，還要裝出驚訝的語氣：「自己的 Teddy 怎麼會大小變得這麼多？」

朗讀範例

Walker Books 官網的精采影片，由作者 Jez Alborough 本人來朗讀自己的書！
goo.gl/YzxeZK

這個朗讀版本，很靈活的搭配了繪本的畫面。
goo.gl/AlpAcZ

熊家私房玩法

❶ 送給孩子一隻屬於他自己的 Teddy bear，讓它陪孩子睡覺。但如果孩子對塵蹣過敏，那就不必嘍！

❷ 與孩子談談，如果在森林裡真的遇到了熊，要怎麼辦？嗯，裝死、爬樹都不會是最好的選擇。快點跑走，離開熊的地盤，這方法還比較有用喔！

Chapter 2

進入情節更豐富的
有趣世界

　　這章選入的 31 本書，與第一章的相比，單字量增加了、情節也變得比較複雜。但，故事仍不脫孩子最歡迎的搞笑主題，如《Tacky the Penguin》、《Pete's a Pizza》、《Click, Clack, Moo: Cows That Type》等，這種內容永遠是孩子在閱讀時的優先選擇。

　　既然這些書的故事性較強、文句也較長，相對的，孩子的理解力也需要能夠處理這樣的內容才行。如果，您在共讀時發現孩子無法跟上，或表現出興趣缺缺的樣子，別猶豫，先換別本吧！不需硬逼著孩子繼續聽下去。

　　也建議您詢問孩子他自己喜歡哪些已看過的書。朗讀繪本不必擔心重複的問題。重複，這才是真正學習的開始！研究指出：小孩子喜歡重複聽相同的故事，因為他正試著去釐清每個字詞的意義。每聽一次，就等於是一次新的學習！像我家的小小熊，他就很愛聽我朗讀《Froggy Gets Dressed》，因為他超級愛媽媽呼喚 Froggy 時發出的長音，要我唸了不下 50 遍！後來，他也很快接受了同系列的別本作品；而且，愈後面讀的、他愈快理解，也不必我重複唸給他聽了。

　　這章推薦了好幾本不可錯過的重量級經典作品，如《Where the Wild Things Are》、《Corduroy》、《Caps for Sale》、《The Little Engine That Could》、《Mr. Gumpy's Outing》等。建議您先讀過內容介紹之後，再用自己的方式向孩子轉述。有些簡介會提到歷史淵源或得獎紀錄，這都可以當成親子共讀時的背景資料。

　　此外，本章還推薦了 2 本超優、很特別的繪本：《Gregory, the Terrible Eater》、《I Will Never Not Ever Eat a Tomato》，都與「挑食」的議題有關。如果您家也有偏食兒童，務必跟您的孩子共同閱讀這 2 本，能發揮寓教於樂的效果哦！

BOOK

27

★★★★

《Biscuit Storybook Collection》

文：Alyssa Satin Capucilli　圖：Pat Schories

 故事大綱

一隻毛色像比司吉鬆餅般黃澄澄的可愛小狗，和一位疼愛牠的小女孩，共渡了許多美好的日子。

 本書特色

簡單的初階英讀讀本。一系列作品，讓愛狗的小男孩跟小女孩都愛不釋手！

名為 biscuit 的這種點心，在台灣最常見到的是肯德基（KFC）裡一種名為「比司吉」的鬆餅，這是美語的用法。有時 biscuit 也可以指小餅乾，這屬於英式的用法。不過，這裡的 biscuit 並不是指食物，而是毛色黃如 biscuit 般的可愛小狗。

說實話，我家老大與老二並不喜歡這本書。我試著唸過給他們聽許多次，但，他倆顯然對車子書的興趣更高！所以，我先前一直認為這本書「較適合給女孩子看」，因為連主角設定都是女生。

不過，等到老三出生之後，我的觀念改變了！迷你熊他不愛車子、只愛動物。當他聽到這本書之後，馬上就被「電到」！天天都要求我唸好幾次。原來，**這本書的目標讀者並沒有限定性別，父母可千萬不要有先入為主的想法！**

　　我家迷你熊董最喜愛《Biscuit》系列的這 2 本：《Biscuit and the Little Pup》跟《Biscuit in the Garden》。前者講述 Biscuit 在公園發現另一隻害羞的小狗，最後，這兩隻小狗跟主人一起玩耍的溫馨故事。後者則是 Biscuit 跟牠心愛的女主人，在春天一起到花園餵鳥、散步、看花的故事。找新朋友、跟媽媽種花、散步，對迷你熊來說都有切實生活的體驗；因為認同度高，對書籍的接受度自然就提高。

　　《Biscuit》系列談的都是孩子日常會發生的事情：去上學、去圖書館、認識新朋友、辦生日派對……孩子們會喜愛，就是因為故事很貼近真實生活。

　　個人覺得，《Biscuit》的套書頗值得收藏，尤其是「My First I Can Read」系列。除了在孩子不認字時可當成親子共讀書；當孩子開始認英文字之後，更可當做初級者獨自閱讀的入門書。也就是說，一本書可以用兩次！如果您家的孩子不只一個，我想，這經濟效益會更高。

　　共讀時要注意：小女孩對 Biscuit 的對話總是溫柔又有耐性，就像母親對小小孩一樣。而 Biscuit 也都用可愛的「Woof! woof!」來回應。

> 朗讀範例
>
> 第一集朗讀示範。
> reurl.cc/dXqMAM
>
>
>
> 同系列作品《Biscuit Goes to School》。
> reurl.cc/bkNOyv
>
>

🏓 **熊家私房玩法**

① 到圖書館借閱狗狗的圖鑑，讓孩子知道有哪些種類的狗。

② 上網查 biscuit 食譜，並跟孩子共同動手製作 biscuit 這種點心。讓孩子知道，biscuit 並不只是這隻小狗的名字而已，它還是一種很可口的食物！

BOOK

28

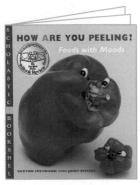

★★★★☆

《How Are You Peeling?》

文 / 圖：Saxton Freymann & Joost Elffers

 故事大綱

各種蔬果也可以做出許多令人意想不到的表情。

 本書特色

這不是繪本，它是攝影集。然而，照片裡那些用蔬菜、水果「裝出來」的各種表情，實在有夠逼真、可愛，真讓人拍案叫絕。孩子也很樂意看看這些帶有各種表情的蔬果，去了解它們代表的心情！此外，這也是一本認識情緒及相關單字的好書。

這本涉及臉孔表情的書，不僅每幅畫面裡頭的果雕創作看來妙趣橫生；而且，陪孩子一起讀這本書，其實還有多重好處：

1. 讓孩子認識許多蔬菜與水果的英文名稱。

2. 讓孩子分辨蔬果臉上的表情，順便練習察言觀色，這對**社會化**的過程很有幫助。

3. 讓孩子練習表達情緒的英文單字，以後可以正確的告訴別人自己的心情！

　　最近幾年，台灣也開始強調「**情緒教育**」的重要。跟美國人比起來，亞洲人對於自己的情緒是比較壓抑的；不但大人

被要求別太外露自己的情緒，兒童也是。但，如果孩子懂得適時表達自己的心情，其實是較有益於心靈健康的。

這本書在美國小學課堂上常被使用，因為它除了具有情緒教育的功用，老師還可以順便安排許多手作（craft）的課程，如南瓜雕刻、用青椒做人頭等。更可以順便介紹各種蔬菜水果的營養價值。因為美國也有許多不愛吃蔬菜的孩子，讓父母很頭疼。所以，這本書不只有趣，教育價值也頗高！

本書的用字不難，有很多都是與情緒（mood）有關，如sad、happy 等等。親子共讀時，請注意朗讀的語調也要配合各種情緒起伏而做變化！

🏓 熊家私房玩法

❶ 帶孩子去菜市場，找些形狀奇怪的蔬菜（又稱下腳蔬菜），再參考作者的創意，也和孩子一起來創作蔬果雕刻（vegetable carving）！

❷ 對於不喜歡吃蔬果的孩子，建議可帶他們去菜園摘摘新鮮的蔬菜水果。我家小熊以前很討厭吃番茄；但自從他幫我摘下許多自種的番茄後，就變得比較樂意去嘗試了！

❸ 有些蔬菜還可以刻印章，像紅蘿蔔的硬度就很適合。跟孩子設計一些簡單圖案，用雕刻刀刻出笑臉、小魚的形狀，也是很好的蔬菜勞作課程喔！

朗讀範例

由一位有點害羞的男孩 Andrew 朗讀。他的發音清晰，值得鼓勵。

goo.gl/hzUzOx

美國一位圖書館員示範如何朗讀這本書。

goo.gl/RQySPO

到出版社官網看看本書作者分享他如何雕出有著各種「臉孔」的蔬菜！

goo.gl/NyAgbH

BOOK

29

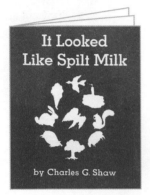

★★★★

《It Looked Like Spilt Milk》

文 / 圖：Charles G. Shaw

 故事大綱

有種東西，它有時候看起來像是潑灑出來的牛奶，有時候看起來又像小鳥、大樹或手套……到底是什麼東西能有這麼多變化？對，就是白雲！

 本書特色

簡單的猜謎圖形書，能讓孩子在互動中認識更多字彙。

我在小時候，夏天常被媽媽叫到頂樓看守晾曬的棉被。我都躲在棉被底下觀察遠方白雲的樣子。最喜歡像香草冰淇淋一樣的高積雲了！常常對它自言自語（外加流口水）：「等我、等等我喔……我要去吃掉你！」有時候，天上也會出現許多小塊如鱗片的雲，我都把它們取名為「菠蘿麵包雲」。颱風來臨前也常可看到像羽毛一樣一絲絲的雲。民間相傳，雲腳長毛是颱風的前兆。

這本書把雲的特性寫得太好了！如此單純、沒有太多顏色的繪本，卻是最受到美國小學老師歡迎的好教材！不論是學認字、學形狀、學美勞，都有極大的創意空間。

所以，誰說繪本一定要有故事和美麗的圖？只要發揮創意，就能像這本一樣，成為讓孩子馳騁想像力的另類好書。

　　以前我在中文學校教幼小的孩子們唸這本書時，發現它也是練習雙語字彙的好教材！因為，類似翻翻書的設計，很適合與孩子進行一問一答的互動。

　　一開始，請不要說明白色的東西到底是什麼，先讓孩子自己看形狀、說出來那是「rabbit」，同時教中文名稱是「兔子」。其他如 bird（小鳥）、tree（樹）、ice cream cone（甜筒冰淇淋）等也如法炮製。最後才告訴孩子：這是天上的雲！在這過程中，孩子可以學到 2 件事：許多事物的雙語名稱，以及想像力。

　　親子共讀時，請用詢問的方式，讓孩子自己說出圖片裡白色形狀可能是哪種物品的名稱？說錯了也沒關係，能自由想像要比說對答案更為重要。

　　這是一本很適合與孩子一問一答的互動書。從 Ms. Tracy 的朗讀範例中您可以發現：有經驗的老師會讓孩子來猜圖形的答案。

朗讀範例

小女孩的清晰朗讀。
goo.gl/gkwzAk
讓 Ms. Tracy 朗讀大開

本給您聽，並示範這本書的使用方法。
goo.gl/PmoVwW

熊家私房玩法

❶ 當天氣晴朗，有著藍天白雲時，帶孩子到大操場或屋頂等視野佳的場所，一起看雲並且講講雲的各種形狀。

❷ 拿棉花沾上白色顏料，讓孩子印到藍色的卡紙上，然後將卡紙對摺（或再對摺），最後會出現一些對稱的圖案。讓孩子試著說說看那些圖案像什麼。

30

★★★★★

《Caps for Sale》

文 / 圖：Esphyr Slobodkina

故事大綱

一個在頭上頂了一大堆帽子的小販，他在樹下睡著了。醒來後，卻發現頭上的帽子全都不翼而飛──原來，被樹上的猴子們拿去玩了！他惱怒的對猴子大吼大叫，卻一點用也沒⋯⋯結果很有趣，相當耐人尋味。

本書特色

這是一本畫風很老、年齡很老，幽默故事卻毫不退流行的經典繪本！

這本書不論我在美國或台灣唸給孩子們聽，效果都很好──應該說是「笑果」；因為他們多半會笑得太開心，或是因為學猴子學得太開心了。

因為教學所需，我曾在美國與台灣多次為孩子朗讀英語繪本。這本書通常是我的首選之作（其次則是《Bark, Geroge!》）。因為這則故事可說是高潮迭起。就在猴群偷走小販的帽子以後，只要小販揮拳、猴子也揮拳；小販跺腳、猴子也跺腳⋯⋯最後，小販氣得摔帽子，猴子也來個「天女散帽」！這樣的結尾就是故事最奇妙的地方。所有的氣憤跟煩惱都在這一丟之後宣告結束！猴子愛模仿的天性，反而結束了牠們想占有帽子的意圖。最後，當小販頭頂著高高的帽子、重新踏上旅程時，孩子的腦海中一定忘不了剛剛發生過

的猴子鬧劇。原來，要好好賣個帽子還真不容易啊！

　　說到模仿，日本長野縣地獄谷也有一群喜歡泡溫泉的猴子。有位好友曾告訴我：這些猴子也是看到當地人泡溫泉之後才開始跟著泡溫泉的，並非自古以來就這樣。這點實在很有趣。所以，這本書的作者也可能是看過猴子模仿人戴帽子之後才想出這樣的故事吧！

　　除了靈長類動物很喜歡模仿人，貓、狗、鸚鵡等動物也會模仿主人的一些行為。本書很巧妙的運用動物的這個特性，製造出故事最幽默的高潮與笑點，結尾更是神來之筆！由此可知：**一本童書要成功，除了插畫的張力要夠強，情節的創意與幽默感更是重要！**這本書雖不是插畫精美之作，卻是以創意與幽默取勝的一個最佳例證：哪個孩子不愛爆笑故事呢？至少，我教過的孩子沒一個例外！

　　此外，這本書雖然年代久遠，畫風也十分樸拙，但是正因如此也增添另一種魅力。它也是讓孩子了解帽子或衣服顏色、樣式的工具書。其實，您還可以讓孩子藉此「學數數」，孩子可以數數畫中的猴子有幾隻、帽子有幾頂。在不同的頁面，您跟孩子還可以數個好幾次！

　　這是一本讓父母發揮或考驗「演技」的好書。請務必學猴子叫、模仿猴子的動作，孩子會被逗得很開心！

朗讀範例

這個團體 livefromthepath 錄製的影片很專業喔！
goo.gl/KVRnHe

來看看 IHM 學校的精采舞台劇演出。
goo.gl/tnJwg7

🫕 **熊家私房玩法**

❶ 收集家裡的各種帽子，再與孩子們舉行一個「頂帽子比賽」，看誰可以按照一定順序頂出最多的帽子！

❷ 帽子有很多種類，棒球帽、貝雷帽、漁夫帽⋯⋯試著跟孩子分析各種帽子的用途。

31

★★★★★

《Pete's a Pizza》

文 / 圖：William Steig

故事大綱

下雨了，喜歡足球的 Pete 超失望，因為他不能跟朋友去踢足球了！爸爸媽媽幫他想出一個好玩的雨天遊戲：把 Pete 變成一個人肉大型 pizza！

本書特色

一本畫風簡單卻趣味十足的料理書，只不過，料理的食材是自己的小孩！

我家小熊在 5、6 歲時十分喜愛這本書，大概是因為他超愛吃 pizza 吧！我們在美國居住時常常一起做 pizza。做 pizza 其實並不難，只要有麵包機，就可以用機器來揉麵團，再用桿麵棍桿成餅皮，抹上橄欖油跟番茄醬之後就可以擺放孩子們喜歡吃的火腿片、鳳梨丁等配料；最後再撒上 pizza 專用的起司，放入大烤箱烤一下，這就大功告成了！

也許是太常動手做 pizza 了，小熊一讀到這本書便開心的問我：「我也可以跟書中描述的一樣，來烤一次小熊 pizza 嗎？」當然可以！我把小熊哥也放在桌子上揉一揉、撒些彩色紙片跟痱子粉，最後，送進沙發大烤箱！他這輩子從沒笑

得這麼開心過。尤其當我也學著書上所描述的，用手給小熊 pizza 搔癢時！

所以，建議各位爸媽，下雨天哪都不能去的時候，如果家裡的玩具都玩膩了，可以模仿這本書，跟孩子聯手來做個「小朋友 pizza」，保證是雨天裡的最佳親子活動！咦，您問我要怎麼做？快來看看這本書的範例影片吧！

親子共讀時請注意：當唸到爸爸把 Pete 做成 pizza 時，他所用的材料都要好好解釋、仔細唸清楚。因為，接下來就變成您跟孩子要去找這些東西來自製「小孩 pizza」嘍！

朗讀範例

美國賓州 Lansdowne 社區圖書館的朗讀活動很活潑、有趣，您也可以跟孩子一起這樣玩！
goo.gl/VRx1hp

很不錯的朗讀示範。
reurl.cc/6EbWq5

更詳細的朗讀。
reurl.cc/9ObMn8

> 足球在歐美是小孩子必玩的運動，不限男女喔！

🍅 熊家私房玩法

① 如果家裡有烤箱，也可以去大賣場冷凍區買現成的 pizza 皮，跟孩子一同做做看 pizza。真的很簡單，一點也不難！

② 遇雨而沒法子帶孩子外出時，學本書在自家做一次「人肉 pizza」！

③ 有空且天氣好時，讓孩子到戶外踢足球吧！足球與游泳都是很適合小小孩的體育活動。

BOOK

32

Don't
Let the
Pigeon
Drive
the
Bus!

words and pictures by mo willems

★★★★

《Don't Let the Pigeon Drive the Bus!》

文／圖：Mo Willems

 故事大綱

有一隻超級想開公車的鴿子，想盡辦法要說服小讀者讓牠開公車。您覺得大家會被牠說服成功嗎？

 本書特色

簡單的畫面、幽默的對白，讓一隻很有心機卻又超可愛的鴿子大受好評！

這隻想開巴士的鴿子，轟動了全球的童書界！此書不僅為作者 Mo Willems 贏得凱迪克獎的殊榮，並且大受孩子與家長的歡迎；所以，後續又出現更多的 Pigeon's adventures：

1. 《The Pigeon Finds a Hot Dog!》（2004）

2. 《Don't Let the Pigeon Stay Up Late!》（2006）

3. 《The Pigeon Wants a Puppy!》（2008）

4. 《The Duckling Gets a Cookie!?》（2012）

5. 《The Pigeon Needs a Bath!》（2014）

本書的畫風雖然很簡單，但是對白超有趣！先前我為了收集在師大講課的資料，無意中發覺美國孩子在喜愛本書之

餘，還從中衍生創作了山寨版的搞笑短片《Don't Let the Pigeon Be Principal!》（別讓鴿子當校長）。這可不是司機先生不在喔，而是校長要去開會。真校長在離去之前還特別囑咐學生：「看好這學校，別讓鴿子來當校長！」果然不出所料，鴿子出現了，牠還真的很想過過當校長的癮呢！所以，要如何阻止這隻充滿野心但又超可愛的鴿子呢？在此附上精采的朗讀範例，供大家一起欣賞。

再來談開巴士，其實不只鴿子愛開巴士，美國小男孩也愛，最愛的是去駕駛 yellow school bus（全美國的學校統一使用黃色的校車）；我家老二曾看到小熊哥上車而急得哇哇大叫，因為他也很想上去開開巴士！

朗讀範例

不可錯過的示範。
reurl.cc/pWK7Kr

某間小學自拍的改編短片《Don't Let the Pigeon Be Principal!》（別讓鴿子當校長）。原來，我們也可以這樣在學校裡玩出自己的小劇場！
goo.gl/jKvlte

駕駛 Yellow school bus，是很多美國小男孩的夢想。

此書的共讀重點在於：朗讀者要努力去裝出鴿子那種想賴皮、撒嬌、自暴自棄，以及偶爾會自導自演的語氣。這隻鴿子實在是太會演戲了！如果牠是真人的話，大概可以得到好幾座奧斯卡獎！

熊家私房玩法

❶ 帶孩子認識鴿子：牠是和平的象徵、在古代可以幫忙送信，所以有飛鴿傳書這種說法。還有，賽鴿比賽是如何進行的。

❷ 如果孩子很喜歡本書，別忘記找出其他續集，讓孩子知道 Pigeon 後來又想養寵物、不肯睡覺、找到熱狗……一堆很爆笑又考驗「鴿性」（人性）的後續發展。

BOOK

33

★★★☆

《The Jacket I Wear in the Snow》

文：Shirley Neitzel　圖：Nancy Winslow Parker

故事大綱

這本書並沒有太多情節，就只是不斷的在相同基礎上，重複堆疊內容，敘述在下雪時身上會穿戴哪些衣服或配件。

本書特色

是一本能讓小朋友**在冬天學衣服單字**的好書，常被美國小學老師拿來當教材。

關於下雪，真的是孩子的最愛。我家老大和老二曾住過美國中西部，返台定居後，最懷念的就是美國的下雪日子了。理由有二：一、大雪時可以不用上學；二、雪停了，可以到戶外做雪天使、堆雪人、玩雪撬！

不過，在雪地玩，是需要正確裝備的。我剛開始不知道，只給孩子穿雨鞋、帶毛織手套就讓他們玩雪了。結果孩子們的腳冷到不行，而毛手套也在一摸到融雪的當下就溼了！鄰居看我們是從亞熱帶地區來的，不懂這些事，還送我他孩子已經穿不下的雪靴、防水手套、雪褲。這下我們才知道，**玩雪可是需要專業裝備的**！還有，陽光照到白雪的反射光會刺傷眼睛，還要準備太陽眼鏡呢！

「雪天使」也是我家孩子超愛玩的遊戲。躺在雪地上兩手一張、兩腳開開合合，地上就形成有翅膀、有天使裙子的印

子！其實，這一套遊戲在秋天也可以應用。在滿地落葉的季節，孩子就躺在落葉上做「落葉天使」的遊戲。

總之，玩雪讓孩子的童年充滿了難忘的樂趣。

本書的單字，對於住在亞熱帶的台灣孩子來說可能會比較冷門。正因如此，更該鼓勵孩子閱讀，稍微了解在下雪天該穿哪些衣服與配件。世界很大，總有一天孩子會用到這些雪衣、雪具的！

親子共讀時的重點在：要像在唸繞口令一樣，準確唸出來那些不斷累增的衣物內容！

朗讀範例

來聽聽這位媽媽的生動朗讀。
goo.gl/oonmh0

學校裡的 story time 活動示範，有許多互動方式值得學習。
goo.gl/IWUCDy

在北國住過，孩子最難忘的就是玩雪的樂趣！

🏓 熊家私房玩法

❶ 冬季帶孩子去韓國或日本等溫、寒帶地區賞雪，並且找個機會，對照這本書中所提到的用品，讓孩子全都穿一次。

❷ 帶孩子去旅遊用品專賣店，讓孩子瞧瞧雪衣、雪鞋，以及在雪地使用的保暖手套等衣物，這跟我們平常在冬天穿戴的有何不同？（答案是：這些衣物都有防水設計，以免水氣侵入而凍傷人！）

★★★★☆

《Click, Clack, Moo: Cows That Type》

文：Doreen Cronin　圖：Betsy Lewin

 故事大綱

農夫布朗真倒楣！他的牛會打字，貼告示威脅他，若不買電毯給動物們取暖，就罷工、不給牛奶！布朗好不容易解決了會打字的牛，沒想到，居中協調的鴨子在拿到打字機之後，也開始打字給他了？

 本書特色

爆笑情節是本書最吸引孩子的地方。農夫與乳牛一來一往的文字對話，則是書中最精采的笑點。

Doreen Cronin 出了一系列超爆笑的幽默繪本。這本書裡頭的鴨子後來還做了不少大事業哦！去參選州長、選總統！而農場裡的豬、牛與羊也參加了 county fair 的才藝表演……這些故事好像沒有什麼明顯寓教於樂的意義，但卻深深虜獲了美國父母與孩子的心！

記得我仍在美國居住時，作者 Doreen Cronin 那本描述豬、牛、羊參加 county fair 才藝表演的《Dooby Dooby Moo》上市了！而她正好要到附近的 Barnes & Noble 書店來辦簽名會！當時，只見書店張燈結綵、讀者們喜氣洋洋，那氣氛就好像《哈利波特》作者 J. K. 羅琳（J. K. Rowling）

要從英國來一樣！我才體會到這位作家有多麼受美國人歡迎。想來也對，美國是農業大國；再加上這系列以農場動物為主角的爆笑繪本確實能觸動人心，尤其是那獨特的幽默感，實在令人很難抵抗！

我家小熊在美國唸一年級時，老師就指定全班共讀這本書的續集《Duck for President》，也趁機讓孩子們了解民主社會投票競選的意義。我建議在孩子滿 5 歲以後，親子可以仔細討論這本姊妹作。至於在此之前，就當成純娛樂來讀也很不錯！

與孩子共讀時，記得要戲劇化的重複「Click, Clack, Moo.」哦，這句話可說是本書最具笑點的台詞了！也強烈建議您找出《Click, Clack, Moo》這系列的其他作品，以下是 3 本續集的情節摘要。

1. 《Giggle, Giggle, Quack》：鴨子又來搞蛋嘍！農夫布朗去渡假，請家人來照顧農場。結果，鴨子越俎代庖，寫下許多指令讓動物們平白享了許多福，誰叫布朗自己要渡假呢！

2. 《Duck for President》：鴨子愈玩愈大了！除了把農夫趕下台，還乾脆跑去選州長、然後當上美國總統？不過，他覺得這些都太不好玩了⋯⋯

3. 《Dooby Dooby Moo》：農夫布朗發現自己訂閱的報紙少了一塊，開始深深懷疑動物們又想搞蛋了。晚上他去偷聽動物們在做什麼？嗯，好像沒事！其實，動物們可正在為 county fair 的才藝表演而努力哩！

朗讀範例

同系列作品《Giggle, Giggle, Quack》朗讀示範。
goo.gl/up4kCC

一位爸爸可愛的朗讀。
reurl.cc/rQKp0E

🖌 **熊家私房玩法**

❶ 找出這本書作者一系列的農場作品，用續集來讓孩子繼續開心下去！

❷ 打字機這東西，現在的孩子很少看過。可上網找些圖片、影片給孩子看看。同時告訴孩子：現今的個人電腦與手機替代了以前打字機的工作。

❸ 帶孩子去農場，餵餵牛羊，看看雞舍，體驗一下農夫布朗的生活。

35

★★★★☆

《I Ain't Gonna Paint No More!》

文：Karen Beaumont　圖：David Catrow

 故事大綱

一個對繪畫很狂熱、到處塗鴉的孩子，被媽媽禁止隨處亂畫。
但，這下子反而讓他發現自己身體就是最棒的畫布，而開始
在身上大畫特畫，直到媽媽再度抓狂。

 本書特色

本書最有趣的賣點，就是：它可以用「唱」的。作者把一首
老歌《It Ain't Gonna Rain No More》改編成《You Ain't Gonna
Panit No More》（你不准再畫畫）。爆笑的內容，讓小小孩
都會央求大人「再唸一遍」或「再唱一遍」！

當過媽媽的人都很能體會這種矛盾：**想要鼓勵孩子勇於
畫畫**，但又怕牆壁跟家具遭殃。本書就有這麼一位很
愛畫畫且愛到瘋狂的小孩。媽媽不准他在家裡到處亂畫，他
就改用自己的身體來創作。我想，他將來長大後或許可以成
為人體彩繪的專家！

　　這本書的插畫十分有趣，又充滿了造形張力與炫麗色彩。
以前我在美國唸給小熊或中文學校的孩子們聽，大家都一定
會笑得東倒西歪，然後要求「Again! Again!」。

　　回到台灣定居之後，我們帶孩子去宜蘭的蠟藝彩繪館玩，
親自體驗了如何做蠟筆、彩色筆的過程。這趟小旅行最棒的

意外收穫是：我們買到了台灣製的可水洗白板筆（蠟做的），以及浴室蠟筆！

從此之後，老三迷你熊就有了許多新的作畫場所：浴室、客廳落地窗、每個房間的玻璃窗。好險，他還沒發現自己的身體也可以畫！每次他畫完，我拿溼布擦一擦就乾乾淨淨了！不浪費白紙。有時，我也會保留他畫在玻璃窗的大作，哥哥還稱讚不已呢！

我想，有了這種可擦掉的畫筆，我就不會像書中的媽媽一樣的大吼「You Ain't Gonna Panit No More!」，反而很鼓勵迷你熊多畫一些。

請務必上網聽聽如何唱《You Ain't Gonna Panit No More!》（你不准再畫畫），然後也唱給孩子聽。您跟孩子還可以玩速度遊戲。當您愈唱愈快時，孩子臉上的笑容也會跟著愈來愈大喔！

> ✎ 熊家私房玩法
>
> ❶ 可水洗（washable）的彩色筆或蠟筆，讓孩子也能在家中適合的地方畫畫。比如，光滑面的磁磚、玻璃就能事後清除痕跡；但若畫在水泥牆的話就不好洗，宜避免。
>
> ❷ 如果孩子對人體彩繪有興趣，您也可以購買人體彩繪專用筆，在手上或臉上試著畫些蝴蝶、魚、花朵等裝飾。這種彩繪在美國的萬聖節很常見，除了可以畫出恐怖的特效妝，還可以把小女孩打扮成小精靈，很好玩的！
>
> ❸ 讓孩子玩玩滾彈珠畫。用幾顆彈珠，分別沾上不同顏色的無毒水彩；把白紙放到塑膠臉盆裡，然後把彈珠放在白紙上；接著，手扶著臉盆轉動，白紙上就會出現彈珠滾動的軌跡。很有趣的畫，也是獨一無二的創作！

朗讀範例

這位 Tracy 女士超會講故事！讓她「唱」這本書來給您聽！
goo.gl/Zwlqr3

另一個由年輕媽媽唱出來的版本也很生動。
goo.gl/FSPesh

如果不用唱的，只用唸的，該怎麼做呢？來看 Shella 阿姨的表演！
goo.gl/JBPHFL

這本書的內容，套用了在 1949 年出版的《It Ain't Gonna Rain No More》。原曲可參考網友分享的這段影片。
goo.gl/9lUlgh

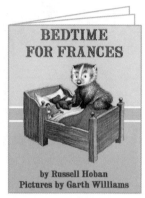

★★★☆

《Bedtime for Frances》

文：Russell Hoban　圖：Garth Williams

 故事大綱

一隻可愛的獾妹妹，牠在睡覺之前有許多要求，但就是不肯入睡。爸媽開始懷疑：牠真的會乖乖睡覺嗎？

 本書特色

這也是一本睡前的優質讀物。由於很受家長們歡迎，後來又推出同名的動畫版。

睡覺前，Frances 一下子要喝水、一下子要爸爸背、一下子要媽媽的晚安吻，後來又要小熊與小狗陪。上了床，牠還是睡不著。想了許多英文字母，又想到黑暗的房間裡可能會有壞巨人。牠想去告訴爸媽，結果卻發現爸媽在客廳裡看電視、吃蛋糕。牠也要了蛋糕，卻忘記刷牙、後來又覺得窗簾有問題……最後，爸爸告訴牠真的該去睡覺了。因為，如果爸爸不睡覺，就不能好好上班；而 Frances 不睡覺的話，也不能好好去上學！

從這本書可以看出，外國小孩很早就被要求**獨立睡一個房間**，但難免會害怕黑暗的房間，所以才會找出很多理由來黏爸媽或者不想睡覺。

以前在日本與台灣等亞洲國家，孩子與媽媽同睡的狀況很普遍，直到小學後才分房，所以孩子並沒有類似的經驗或是

找藉口在晚上煩爸媽。不過，隨著西式教育法傳入台灣，也開始有了所謂「百歲派」跟「親密派」的育兒論戰！《親密育兒百科》的作者贊成孩子與父母同睡，百歲派的卻是要孩子早點分房睡，這樣子，爸媽才有自己的私人時間。

到底哪一派才正確？其實這是見人見智、沒有定論。我個人是實行親密育兒法的母親，2 個大孩子都與我睡到 4、5 歲左右才搬到自己的臥房。所以，以前每次唸到這本書時，兒子都會問我：「Frances 怎麼那麼不乖，睡覺前總是要煩爸媽嗎？」殊不知，Frances 要比他們都早獨自一人睡覺，當然也會有不想獨睡的時候啊！

本書在共讀時，父母可以用有點驕縱的小女孩聲音來演出 Frances 對爸媽的各種要求。此外，您還要試著唱唱字母歌喔。請參考示範影片裡的老奶奶，她是如何生動演出的！

朗讀範例

一位印第安那州女士的朗讀。
reurl.cc/X4aopD

男士的朗讀範例，他還細心指出每一行字！
goo.gl/3PggoJ

> 🥄 **熊家私房玩法**
> ❶ 獾這種動物對台灣孩子來說較少見，建議您可以上網搜尋圖片與生態介紹影片給孩子看。我個人查到的基本資料如下：獾，英文名 badger，是分布在歐亞的一種哺乳動物，體長約 50 公分，頭長耳短，頭部有三條黑白相間的條紋。牠通常在土丘或大樹下築洞，為夜行性動物，白天多待在自己的洞穴裡。
> ❷ 對於不想乖乖上床睡覺的孩子，可以唸這本書給他聽喔。

讓孩子睡前讀幾本書，也是使他安靜下來的最佳睡前儀式。

37

★★★☆

《Book! Book! Book!》

文：Deborah Bruss　圖：Tiphanie Beeke

故事大綱

農場的孩子去上學了，動物們百般無聊，因此想去鎮上的圖書館借書。但是，卻沒有半個成員能跟圖書館員說清楚，除了母雞──牠是怎麼辦到的呢？

本書特色

本書的幽默在於：介紹各種動物叫聲的同時，也讓孩子知道一些跟動物叫聲諧音的單字。作者的創意不禁令人莞爾。

這本書裡的動物們還真是找對了好地方來消磨時間呢。以前住在美國時，我最愛的地方就是圖書館！美國的圖書館好在哪裡呢？

1. 有很多免費參加的「說故事時間」（story time）。有時甚至每天早上一場，讓媽媽們能帶著學齡前的孩子來免費聽故事、做手工。

2. 可以免費借到許多教育類的 DVD 或 CD-ROM 光碟。像是小熊小時候最愛玩的《I Spy》、《Blue's Clues》和《The Magic School Bus》，這類教育光碟也不少。每借一片，爸媽等於省下了 10 ～ 15 美元的花費！

記得早年在誠品書店擔任行銷主任時，我可以用行銷人員的身分借取店內任何一本新書來做研究，額度是 5 本。當我

2005 年回台探親時，發現娘家附近有新北市圖書館的新分館，馬上就幫小熊辦了借書卡。當年的可借閱額度只有 4 本書，如今變成視聽資料與圖書合計最多 20 件，雖然數量有增加，感覺還是少了些。

在美國德州居住時，當地圖書館的藏書新、種類又多，每個人的可借額度是 30 本，不過 DVD 跟 CD 最多都只能各借 3 片。還有，小孩子不能辦卡，除非他能當著圖書館員的面寫出自己的英文名字。

後來搬到肯塔基州，每個人的借書額度又提高了！一共可借 35 本，包含 DVD、CD 和多媒體，全都沒限制。而且，連 0 歲的嬰兒也可以辦卡。我常常借了好多有聲書來聽。

當年在美國時，家中的購書支出很低，用 DVD 看電影也不必花錢，真好！所以，到現在還是很懷念在美國逛圖書館的日子。很希望台灣的圖書館在未來也能變成這樣，能提供更多、更新的有聲書與影音資源給有需要的家庭。

本書在共讀時，請記得仔細模仿出各種動物在圖書館借書的叫聲，這是故事裡最有趣的高潮所在！

朗讀範例

來聽聽 Salt River Schools 的閱讀朗讀系列。
reurl.cc/9ObMxv

請來看看可愛的手套布偶秀，這種方式的朗讀會更有趣喔！
goo.gl/cSCaEV

> 🏓 **熊家私房玩法**
>
> ❶ 幫孩子辦一張借書證，至少每週或每兩週就帶孩子去圖書館借書。
>
> ❷ 帶孩子到農場，聽聽母雞的叫聲是否很像「Book! Book! Book!」。
>
> ❸ 讓孩子了解英文裡模擬動物的叫聲，有哪些與中文的不同？

> 小熊參加圖書館閱讀夏日活動，他跟得到的獎品合影。

BOOK

38

★★★★☆

《Corduroy》

文 / 圖：Don Freeman

 故事大綱

一隻穿著綠絨布吊帶褲的布偶熊 Corduroy，它因為少了一顆扣子而失去找到好主人的機會……牠決定改變命運，自己去找那顆扣子。

 本書特色

在經過一番冒險跟對愛的追尋之後，你會發現：**真正愛你的人才不會在乎你是否少了一顆扣子！**

這本書算得上是古典繪本的代表作。書裡這隻穿綠色燈芯絨吊帶褲的小熊，在書籍出版之後很受爸媽與小孩的喜愛，所以又有了續集，之後還出現了授權的系列套書（非原著者所繪），例如：《Corduroy 過萬聖節》、《Corduroy 的復活節》……等暢銷繪本，讓這隻小熊在美國可說是家喻戶曉且歷久不衰。

我家的小小熊在美國出生時，有朋友馬上送給他 my first teddy：一隻美麗的小熊！當時我還不太明白為何一定要送寶寶小熊？後來才知道，這就像美國小孩多半會有個心愛的小被被一樣。因為，孩子們很早就被要求獨立睡自己的房間，但到了晚上還是很需要有人或東西給他抱抱。於是，毛茸茸的小被被或小熊就被當做用來安慰的好物品。很多孩子長大之後，還

離不開他的小被被或小熊熊呢！這是我家孩子從來沒有過的體驗。

之前曾提及，我個人採用親密育兒法，並非百歲派的做法，每晚都跟孩子同睡，直到一定年齡（通常是到 4 或 5 歲）。當他們夜晚需要依靠時，就會直接過來抱媽媽，也因此，我家的小熊們對於小被被或小熊並沒有什麼黏膩的感情，只當它們是一般物品而已。相對的，當他們看這本書時，感受較不強烈。但我就看過美國孩子超級認同此書；因為，他們也有一隻心愛的小熊來陪睡。

這本書裡的可愛小熊，最後終於找到真心喜愛它的人，這個主人是一位充滿愛心的少女。真是一個溫馨又美好的結局！《Corduroy》的故事一開始令人沮喪，結局卻很溫馨。所以，向孩子說故事時請帶入這兩種情感，讓孩子也能跟著語調情緒的轉變而受到感動。

朗讀範例

清晰的女性朗讀示範。
goo.gl/3DDDkP

🥟 **熊家私房玩法**

❶ 帶孩子去逛傳統的百貨公司。就像書裡寫的那種一樣，這種百貨公司跟大賣場不同，每個樓層都有不同的主題商品。帶孩子去看看家飾、家具、鍋具等有趣的樓層，不只是逛逛玩具區而已，孩子會有不同的體驗與收穫。

❷ 如果孩子也有一個讓他依附情感的小熊或其他布偶，記得要定時清潔或消毒。因為，在台灣的潮溼環境之下，塵蟎很容易躲在裡面而讓孩子過敏！像我家的老大就屬於過敏體質，他的房間就不會擺放任何的絨毛玩具。

BOOK

39

★★★★☆

《The Three Billy Goats Gruff》

文 / 圖：Paul Galdone

 故事大綱

3 隻山羊都想要過橋、到水草豐美的對岸去大快朵頤。但是，橋下卻住了一個壞脾氣的醜山怪，他想要阻擋 3 兄弟過橋。但強壯的羊大哥可不是好惹的，一下子就把山怪撞到河裡去涼快了！

 本書特色

其實，這個故事已有很多版本的圖畫書；但這個版本的畫風十分具戲劇感，能讓孩子感受到栩栩如生的畫面張力！

這本書有許多不同的版本，因為它是一個老故事而非原創。但是，這本書的作者 Paul Galdone 的畫風十分讓人驚豔！尤其是第三隻羊大哥登場時那種過橋的氣勢，絕對會讓看到的孩子都能感到如臨大敵的緊張感。

本書也是我在美國的中文學校與小熊們在台灣就讀的小學裡，最受孩子們歡迎的繪本之一。我想，可能連《愛冒險的朵拉》（Dora the Explorer）都有受到這則故事的影響，因為卡通中常有一個 grumpy old troll 擋住 Dora 要過橋的路，這不就跟本書裡那位住在橋底下的 troll 一樣嗎？

所謂的 troll，其實是北歐傳說中的精怪。他生活在深山荒野的地底或山洞，外觀特徵為大鼻子、大耳朵、雜草般散亂

的頭髮或禿頭，行動遲緩；體型有龐大如巨人的，也有古靈精怪如侏儒者。由於 troll 將出現在其周遭的人類視為一種威脅，所以孔武有力的巨人會用武力驅逐，矮小者則以搗蛋、搞破壞為主。

在電影《哈利波特》第一集中也有 troll 出現，那是很巨大的 troll，跟這本書裡住在橋下、矮小的 troll 不同。不過，兩者都一樣的脾氣暴躁，也都長得很醜。

三隻羊兄弟遇到的，就是侏儒長相的 troll，所以當大哥用羊角一頂，troll 就飛了……老實說，最後這一頂，孩子（當然還有我）都覺得大快人心啊！

本書的共讀重點在於，要用 3 種語調來扮演山羊。扮演最小的山羊時，請用最弱小、可憐的聲音來表示。演到中山羊時，語氣就要有自信些。當大山羊登場時，則用渾厚的低沉嗓音，氣勢要雄偉一些，表示山羊老大才不怕那個山怪哩！

> 🐻 **熊家私房玩法**
> ❶ 告訴孩子 sheep（綿羊）與 goat（山羊）的差別。
> ❷ 有機會的話，多帶孩子到有小動物的地方走走，如動物園或農場，讓孩子有機會真正接觸到動物，讓孩子去餵山羊，順便摸摸牠的羊角與毛髮。

朗讀範例

朗讀者一人分飾多角，口白還搭配了羊咩咩的「trip. trap. trip. trap」踏步聲，是不是很逼真呢？
goo.gl/m6lvWC

由 Oxbridge Baby 公司改製成動畫，影片十分生動。
goo.gl/qcldlH

BOOK
40

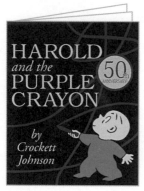

★★★★★

《Harold and the Purple Crayon》
文／圖：Crockett Johnson

故事大綱
哈洛有支紫蠟筆，他可以用蠟筆做許多事情：畫一棵蘋果樹、畫一個看守的恐龍、畫出一片海洋讓他去航行、畫個陸地讓他上岸；還有，當肚子餓時就畫許多派來吃。但是，當他探險累了，他想回家卻找不到路。最後，他終於畫出自己房間的窗子與屬於自己的床，安然的睡去。

本書特色
一本讓孩子看完會忍不住想拿蠟筆大畫特畫的書！警告一下父母，小心您家牆壁可能會開始遭殃嘍！

哈洛的紫蠟筆讓我想到小時候看的《小叮噹》（現已更名為《哆啦A夢》）裡面那種天馬行空的創意道具。我和哥哥小時候最想要的，應該就是小叮噹的神奇口袋了，因為可以拿出各種道具來玩。

這本書裡的紫色蠟筆也有類似的感覺。隨便一畫，小船可以航行、小山可以登高、小派可以品嚐！真是太神奇、太好用了。

小熊第一次聽到這故事時，眼睛睜得好大，他一直問我：「媽媽，你可以買這支蠟筆給我嗎？」

其實媽媽也很想要一支啊！有了這支筆以後，我就不用炒菜，只要畫畫就有三餐可以吃、有玩具可以玩，爸爸也不用去賺錢了，多好啊！但，這畢竟是幻想出來的蠟筆，只有孩子會認真的思考該怎麼用它才最好！當然，大人可是不會信這一套的。

無論如何，讓孩子幻想一下如何運用這種畫筆，這也是很好的創造力訓練。更好的做法是，**家長去購買一些可以洗得掉畫痕的蠟筆，讓孩子親自體驗塗鴉的樂趣。**

親子共讀時，請用有點拖長的語調，來點出主角即將畫成的物品。您也可以讓孩子猜猜看，您將要畫出什麼。

朗讀範例

網路上某位女士朗讀此書的分享影片。
goo.gl/ls5Aap

🏓 **熊家私房玩法**

❶ 清空家裡的某道大型牆面或大面玻璃窗，並使用能洗掉痕跡的可洗式蠟筆，讓孩子盡情的塗鴉一番。

❷ 跟孩子談談夢想：如果自己也擁有這支神奇的紫蠟筆，他會怎麼運用呢？孩子那種天馬行空的想法，您都可以當真、都要鼓勵！

❸ 買張防水的野餐墊，再買個美式的櫻桃派或蘋果派，帶孩子們學 Harold 來場草地上的野餐！

❹ 美國 HBO（Home Box Office）家庭影院頻道曾根據本書推出了一系列動畫，您們也可上網、到 YouTube 欣賞。

迷你熊在家裡的大型玻璃窗做畫。這本書帶給他很大的啟發。

BOOK

41

★★★★

《The Wolf 's Chicken Stew》

文 / 圖：Keiko Kasza

 故事大綱

野狼想要吃雞，又覺得雞兒們太瘦，所以決定獻出好廚藝，偷偷作了許多好料理送給母雞跟小雞享用。最後被發現了，還被雞兒們大大的感謝一番……牠還捨得吃掉這些雞嗎？

 本書特色

在許多童話裡，野狼都是大壞蛋。但是，這個故事裡那隻很會做菜的野狼，竟被真心喜愛牠廚藝的小雞們給感動了！這樣的角色大逆轉還真是頭一遭呢！

逆轉的情節，讓我想起另一位日本作家宮西達也的繪本：《你看起來很好吃》，這也是一則講述愛吃的加害者最後對被害者產生善意，而有圓滿大結局的溫馨故事。

書中的大野狼是個優秀的廚師，因此，雞兒們才會如此喜愛牠做出來的料理。通常，廚藝好的人對食材的選用會比較挑剔。作者就是利用這個特點來讓故事得以推展下去。

野狼希望雞兒們可以變胖一點，就很用心做了好吃的楓糖鬆餅、甜甜圈，還有超級大的蛋糕送到母雞家。沒想到，最後卻在偷窺成果時被發現了。而且，母雞還叫小雞們前來道謝，還要孩子們親吻那位「親切的野狼叔叔」！

這本書的故事也有另一層寓意，那就是告訴孩子：「黃鼠狼給雞拜年——不懷好意」的意思。其實，我們對於那些來歷不明的食物都不應該吃下肚子；因為，在現實生活中並不會出現像書裡面這樣美好的結局。這只是童話故事而已！天下沒有白吃的午餐，當然更沒有白吃的鬆餅、甜甜圈與大蛋糕！多一分謹慎，就能少一分危險。

本書還有一部姊妹作《My Lucky Day》，故事描述有隻狐狸遇到一隻送上門的小豬；但他想要吃小豬的計畫卻被聰明的小豬給破壞了。喜歡 Keiko Kasza 的作品嗎？一定要來看看或聽聽另一個傑作！

為孩子唸《The Wolf's Chicken Stew》時，請裝出大野狼送食物時那種很期待的心情，還有，當母雞發現大野狼就是恩人時的驚喜語氣！請記得強化這些充滿戲劇性的對白。附上朗讀方式的範例，很值得一聽。

朗讀範例

來聽聽 Karen 奶奶的朗讀。

goo.gl/H4H0Xf

此書的姊妹作《My Lucky Day》，這次的故事是狐狸抓了小豬想吃掉牠。情節很有趣！偶戲表演也很精采！

goo.gl/FDQ2Ep

🍳 **熊家私房玩法**

❶ 這是一本可以用來鍛鍊記憶力的好書。當您朗讀完這則故事，把書闔上，考考孩子還記不記得第一天大野狼做了什麼好東西？第二天與第三天呢？最後，野狼叔叔又送了一大籃什麼東西給小雞們吃？

❷ 讓孩子從小就接觸烹飪，這也是很好的生活教育。推薦您們可以從最簡單的餐點入門！比如，買包鬆餅粉、用平底鍋與孩子試著一起煎幾塊書中提到的pancake（美式鬆餅），最後再加上蜂蜜、奶油或楓糖漿，這三種口味都很好吃喔！

❸ 書內還提到了甜甜圈；但由於這樣甜點的熱量太高，所以我並不建議 DIY。您跟孩子可上網查詢燕麥餅乾的食譜，這種比較健康的點心也頗美味。

❹ 從小就教導孩子如何烤蛋糕，他長大後就會給你驚喜哦！我家的小熊哥就是如此。現在，每逢弟弟過生日，他都會當大廚、負責烤蛋糕！

42

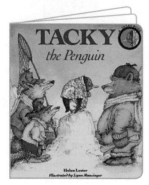

★★★★☆

《Tacky the Penguin》

文：Helen Lester　圖：Lynn Munsinger

 故事大綱

一隻「怪咖」企鵝 Tacky，跟牠那些正經八百的同伴們格格不入的住在一起。但是，某日來了 3 個想抓企鵝的壞蛋，最後反而因為 Tacky 很怪異，趕走了這些壞蛋。

 本書特色

又是一本以幽默取勝的作品。**天生我材必有用**，與眾不同而被排擠的成員，有時反而會小兵立大功呢！

這本書鮮活的塑造了一個「怪咖」企鵝 Tacky 的形象。後來由於牠太受孩子們喜愛，作者陸續推出了不少關於 Tacky 的後續故事，如《Tacky and the Emperor》、《Three Cheers for Tacky》、《Tacky Goes to Camp》……。

在群體中，要做一個特立獨行的人並不容易！尤其在東方社會，群體的需求總是大於個體需求；這與西方社會強調尊重個人的獨特性，還是有些差距。

本書來自強調個人主義（individualism）的西方，所以 Tacky 這隻與眾不同的企鵝就有了可以發揮所長的時候。壞蛋們想要抓的，是那些高貴、美麗的企鵝。但是，沒想到卻遇上了 Tacky 這隻走路怪怪的、打招呼怪怪的，連跳水

也怪怪的企鵝，真的讓壞蛋大吃一驚，也不敢隨便亂抓不對的目標了。壞蛋們落荒而逃，Tacky 的夥伴們則抱著牠開心的又笑又跳。企鵝們了解到：有時，有個與眾不同的夥伴，也要好好的珍惜、欣賞。如果大家都一樣的話，日子該會多無趣，也多危險啊！

當個「怪咖」其實需要勇氣，尤其是當你意識到別人說你是「怪咖」的時候。我也推薦一本很棒的書：《被討厭的勇氣》，談的是自我啟發之父「阿德勒」的教導。書中有一段描述哲學家說：「難道我們為了別人的認同，就必須在坡道上不斷翻滾嗎？要像滾動的石頭一樣損耗自我，直到失去原來的形狀，變得圓滑為止嗎？」

書中也提到：「所謂的自由，就是被別人討厭。」這句話也許有許多人不能認同，但它的確值得反思。人類有許多煩惱都來自人際關係，最重要的就是：能放下自己對「認同」的渴求，並且釐清他人跟自己的課題，勇敢的做自己！

在親子共讀時，請強調眾企鵝在列隊行進（march）時的數數聲，以及怪企鵝 Tacky 獨特的 march 方式，這會是很好的對比之處。

朗讀範例

來看看這位女士，她如何唱作俱佳的向孩子們傳達這隻企鵝 Tacky 有多麼的「怪咖」。
goo.gl/yxYoz0

另一則也很棒的女士朗讀版本。（請從影片 2 分 55 秒處開始瀏覽）
goo.gl/OJ9Xok

對這個故事有興趣的話，來看看美國小學生改編的舞台劇演出。
goo.gl/1WlNnL

🍵 **熊家私房玩法**

❶ 帶孩子去動物園的企鵝館，看看極地世界的可愛企鵝是怎麼走路、游泳的；再請孩子想像一下，如果 Tacky 也在其中的樣子。

❷ 找一本關於企鵝生態的書，讓孩子了解企鵝的種類。什麼是國王企鵝、什麼是帝王企鵝？企鵝如何孵蛋、如何幫小寶寶保溫？

❸ 試著告訴孩子：要尊重每個人不同的特性，不要隨便排擠他人；也不要做一個只會從眾、沒有自己想法的人。當然，這些智慧都需要一些時間與經驗才能體會。

43

★★★★★

《Where the Wild Things Are》

文 / 圖：Maurice Sendak

 故事大綱

Max 這位兇巴巴的小男孩，因為被媽媽處罰不能吃飯而決心離家出走，結果，他竟然到了一個神祕的國度，還當上一群野獸的國王！

 本書特色

一個野男孩離家出走，跑到了野獸國；結果，最野的他竟然當上了野獸之王！時間久了他卻開始想家了。野獸們不讓他走，他還是頭也不回的勇敢離去，回到溫暖的家。本書描繪出許多很創新、特別的野獸造型，是上市當時頗著名的佳作！

記得多年前我在誠品書店擔任企劃主任時（＝文藝女青年時代），有次隔壁的童書企劃正在執行《Where the Wild Things Are》的特別書展。書店特地由國外引進了好多書中人物跟野獸的大、小型填充布偶。童書企劃們暱稱男主角 Max 為「白毛」，其他的野獸則是「黑毛」、「紅毛」和「藍毛」等。企劃部的文藝女青年個個都愛不釋手，書展還沒上場，就紛紛自掏腰包買了這些布偶放在自己的辦公桌上，包括我也是如此。

如今，「白毛」已經泛黃，卻仍忠實的坐在我書桌旁陪我，這也是我對本書最難忘的回憶。

　　曾有位媽媽對我說，她看到故事裡 Max 這種小孩，很慶幸自己的女兒乖巧多了！如果真的有 Max 這種兒子，她可能會吐血昏倒！其實，美國家庭對孩子的容忍度，的確比亞洲父母（不只台灣）高很多。我記得小熊的好朋友 Trent，他有次到我家 sleepover（夜宿），只見他整晚跑來跑去，態度十分的自由奔放（其實是桀驁不遜），把出身於台灣傳統家庭、很重視長幼有序的熊爸氣得火冒三丈！最後，熊爸還整晚守在 2 個男孩身旁，等他們乖乖入睡。所以說，東西方教育的差異還真是大不同！

　　有時，我覺得東方孩子受到的拘束與規矩還真的很多，因此不夠大方、自信。但是，當我看西方孩子時，又會覺得他們有些行為太過狂野了。這種在教育準則方面的拿捏，真是一種藝術！

　　本書的親子共讀重點在於：扮演野獸時，吼聲一定要很狂野；不過，扮演小男孩 Max 時，聲音則要更狂野！不然，他怎能在野獸國稱王呢？

朗讀範例

來看看這本書的 ebook 版。
goo.gl/Kjyhx8

很棒的女士朗讀版本。
goo.gl/lyR25P

Mr. Z's First Grade Channel 的朗讀，有英文字幕
goo.gl/5UNLFF

> 🥄 熊家私房玩法
>
> ❶ 與孩子討論：在不高興時是否可以離家出走？離家出走可能會遇到哪些後果？
>
> ❷ 全家來表演一齣野獸國的戲劇。拿著毛巾、臉盆當道具，也可以畫面具戴在頭上；有人扮野獸，最狂野的人則扮演 Max！
>
> ❸ 坊間有出版電影版的 DVD，有機會可找來闔家觀賞。我家的熊兒們就很想跟著 Max 去野獸國玩一玩！

★★★★

《Gregory, the Terrible Eater》

文：Mitchell Sharmat　圖：Jose Aruego & Ariane Dewey

故事大綱

愛吃健康食物的小山羊 Gregory 讓爸媽傷透了腦筋。因為，大山羊們愛吃的垃圾食物，Gregory 一點都不愛！為了讓 Gregory 也愛上垃圾食品，羊爸羊媽施了一個妙計。叮咚！Gregory 愛上垃圾食物了，但也開始鬧肚子疼⋯⋯

本書特色

這是一本反諷垃圾食品的教材。孩子的飲食習慣，跟爸媽的教養態度最有關係。孩子會愛吃垃圾食品，其實也是父母有意無意之間鼓勵出來的！

關於吃垃圾食物這件事，這本書運用了雙關語的比喻。山羊，在西方文化裡經常被視為什麼都吃、也很愛吃垃圾（junk）。而書中的主角 Gregory 原本是一隻不愛吃垃圾食品、只吃健康食物的小山羊。但牠的父母卻全都是垃圾食品（junk food）的愛好者；所以，羊爸羊媽覺得自己的小孩 Gregory 很奇怪：「怎麼會不愛吃垃圾呢？」於是想盡各種辦法，要讓自己的孩子愛上垃圾食物！

Gregory 真的愛上垃圾了！牠連理髮店的廢招牌都可以開心的吞下肚。悲慘的下場果真來了！ Gregory 最後肚子痛到在地上打滾，愛上垃圾食品的代價讓 Gregory 吃了不少苦頭。最後，還是回來吃健康食品才最好！

　　現代人吃得好又吃得巧,但是飲食精緻過了頭,代價就是罹患一堆文明病:高血壓、糖尿病……,過敏兒也一堆。許多孩子被大人寵愛,動不動就攝取糖果、汽水、速食、炸雞或漢堡!看起來吃得開心又幸福;事實上,大人卻是在毒害孩子的未來!以前吃得簡單、自然又無添加物,這才是真正幸福的飲食。

　　本書提供給父母一種反思:**很多孩子的飲食習慣不好,其實都是因為父母自己不注意而讓孩子在無形中養成的。**所以,我們還是應該盡量減少外食、少吃垃圾食品,這才是健康的王道!

　　在跟孩子共讀本書時要注意:當您扮演 Gregory 愛吃垃圾食品的父母時,別忘了要裝出嘴巴塞滿食物的假音。在 Gregory 肚子痛的時刻,也別忘了跟著生動演出那痛苦的模樣,讓孩子知道:吃太多垃圾食物會有不良後果!

朗讀範例

來看看這位熱愛雙語教育的男老師,他在說故事時跟孩子們如何進行熱烈互動。
goo.gl/dOyKRp

Mrs. Barnes 的清晰朗讀。(可惜無書本畫面)
goo.gl/splufV

🥄 熊家私房玩法

❶ 告訴孩子什麼是垃圾食品 (junk food)。像糖果、高熱量的糕餅、熱狗、漢堡、炸雞、薯條、汽水、珍珠奶茶,都不可以常吃!吃了只會有害健康、外加長胖而已。

❷ 鼓勵孩子多吃蔬果與豆類,不要過量攝取肉類。

❸ 帶領孩子一起去菜市場了解新鮮、健康的蔬菜跟水果是什麼樣子。

❹ 跟孩子一起煮煮低油、低鹽的料理。盡量減少外食或吃外賣食物的機率,這些飲食不僅多鹽、多油,就連清洗食物的過程也不透明,很容易有農藥殘留的問題,因而有害健康。

有次萬聖節去美國友人家,晚餐就是這些甜點!真該讓主人來看這本書。

BOOK

45

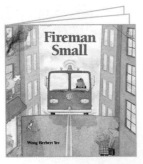

★★★☆

《Fireman Small》

文／圖：Wong Herbert Yee

故事大綱

小小的救火隊員真忙，剛剛才救了樹上的小貓，又要去拯救掉落井底的小兔子；然後，還沒時間睡覺就得要去打火！好不容易終於躺上床了，又有人來按電鈴……。

本書特色

這是一本可以讓孩子了解消防隊員辛勞與工作內容的好書。

2014 年暑假，我參加的 play group 朋友們揪團去參訪附近的消防隊，讓 2 ～ 3 歲的孩子去看看雲梯車、坐坐消防車。當時我正在趕這本書的書稿而無法參與。事後，我看到許多很歡樂的照片，讓我想起了小熊當年在美國幼兒園參加過的類似活動。

美國人對打火英雄很是尊敬，學校也常常給予孩子消防相關的教育。所以，幼兒園就常常舉辦、參觀消防隊名為「fire station tour」的活動。消防員們真的會從二樓溜桿子下來，並且示範如何穿上防熱衣、戴上特殊面罩，還會讓孩子們了解不同種類的消防車與其功用！

記得我與小熊參觀的那個場次，除有上述的教學內容，令人印象最深的，竟是媽媽們爭相搶著跟現場某位救火隊的超級帥哥合照。只有我因為臉皮太薄，只敢讓小熊與他合照而

已;此張照片到了現在還令我十分難忘,也算是參觀消防隊的另類回憶吧。

這本書也是考驗孩子記憶力與專注力的好範本!

故事有 3 個段落,講完之後別忘了問問孩子:小消防員第一次出的任務是什麼,第二次與第三次呢?若答不出來,就請他重聽一遍您的朗讀,直到答案正確為止。還有,這本書共有 3 次救援活動,建議您要用緊張而快速的語調讀出來,好讓孩子感到身歷其境。

朗讀範例
十分精采的朗讀,不可錯過!
goo.gl/gQXcpx

小熊在美國參觀消防隊時,與帥哥消防員合影。(媽媽沒合照,真是遺憾!)

🐻 熊家私房玩法

❶ 您可聯絡住家附近的消防隊,跟對方約定一個時間帶孩子去參觀。不只美國有這種服務,台灣的消防隊也有參觀的導覽服務喔!最好是以團體的方式去參訪,比如,跟孩子班上同學的家長們約好帶孩子一起參觀,或是邀約同社區的鄰居共行。因為,救火英雄的時間寶貴,許多人一起去也能節省對方的時間。

❷ 幫孩子買頂消防隊的帽子,不論是台式或美式的皆可,讓他可以在家扮演 fireman,模擬救火的場景。

BOOK
46

★★★★★

《The Little Engine That Could》
文 / 圖：Watty Piper

 故事大綱

載滿玩具、正要越過山頭的火車拋錨了！小火車來支援，但山頭卻很難爬，小火車在玩具們的加油之下，終於達成任務！

 本書特色

這本書是火車書的經典之作！不但有蒸汽火車頭，還有許多玩具出現在插畫裡，孩子很難不愛上這本書，尤其是小男孩。

這本書的插畫有新版與舊版兩種，文字都相同，但新版的較具現代感。老實說，我個人還滿喜歡舊版插畫那種樸實、可愛的畫風。我家當然也收藏了舊版，只因為我家的火車男孩曾如此的摯愛翻閱這本火車書啊！

說到火車，除了書中這台很有名的小火車，還有英國的「湯瑪士小火車」也是火車男孩的最愛！在美國的那段時間，孩子們每次到 Barnes & Noble 書店時，都喜歡站在童書區的湯瑪士小火車玩具台，玩著一輛輛由書店免費提供的木製原版小火車，且一站就是 2、3 個小時也不嫌累！我也很好奇的詢問過店員，發現這些小火車的遺失率很低，足見美國人的公民教育水準不差。

此外，美國各地還有很多「火車頭見面會」。《The Little Engine That Could》的這台小火車有辦過見面會，但最受

歡迎的還是湯瑪士小火車！在現場，你可以看到真正的超大型蒸汽火車卻有著卡通臉的模樣。若您喜歡的話，還可以坐上去，搭著小火車逛一逛附近……當然所費不斐！我們夫妻倆曾帶著兒子們在德州參加過一次，小熊跟小小熊都開心極了！看到原本在書裡面那個小小的火車頭在面前竟然變成那麼大的一個，他們倆眼睛睜得好大好大，直到晚上作夢時都還開心的微笑著！

在東京市江戶川區的葛西車站，有一座小型的「地下鐵博物館」，十分適合小小孩去玩。這裡可讓小朋友親自駕駛電車。在教育區（education area），孩子可以透過各種動手操作的方式來了解車輪的設計、車輪傳動機制等運作原理。我家男孩在這裡玩得很開心，連去了 2 天！

親子共讀時，當小火車要爬上坡，它說的「I think I can, I think I can, I think I can!」這句話用愈來愈快、愈來愈肯定的語調，好好的唸出來。因為，這是孩子最期待也最緊張的一刻！

朗讀範例

此為舊版繪本的朗讀影片。
goo.gl/su6xyH

老師朗讀新版的範例。
goo.gl/GUVhvu

🏓 **熊家私房玩法**

❶ 若家有小小火車迷，在國內外旅遊時可帶他參訪當地的鐵道博物館。

❷ 館內若有體驗設施，不妨讓孩子親自操作。除可滿足他的好奇心，也能讓他更了解火車的運行機制。

就連小小孩也可透過螢幕來模擬駕駛地下鐵的情景。

BOOK

47

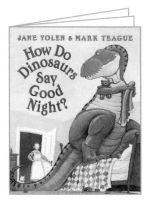

★★★★★

《How Do Dinosaurs Say Good Night?》

文：Jane Yolen　圖：Mark Teague

 故事大綱

小孩就像恐龍，睡覺前因為不想睡、還想繼續玩，所以脾氣特別壞。當小恐龍們應該睡覺卻在使壞時，爸媽要如何對付牠們呢？

 本書特色

喜歡恐龍的孩子，還有那些家裡也有不乖乖上床睡覺的奶娃父母，都會很有興趣看看這個繪本。書中有很多恐龍的造型，因此也是喜愛恐龍男孩的最愛！

本書作者 Jane Yolen 是第二代的美國移民，也是當代知名的女性童書作家兼繪者。她在 1939 年出生，於紐約市長大；其父在 4 歲時就從烏克蘭移民到美國，母親則是來自立陶宛的移民。

高齡 77 歲的 Jane Yolen，至今已寫出三百多本書，包括了民間故事、童話故事、科幻小說、詩歌韻文、圖畫書籍、青少年小說，她的作品曾獲得 the Caldecott Medal、Nebula Award、World Fantasy Award 等獎項。這些輝煌的得獎紀錄，也證明了她書籍內容的閱讀性很高。她的書往往被美國的期刊公認、列入「讀者最佳選擇」的清單，因而也被稱為美國的安徒生！

由於這本恐龍書太受歡迎了，作者後來又推出延伸的多個繪本創作。如《How Do Dinosaurs Get Well Soon?》、《How Do Dinosaurs Eat Their Food?》、《How Do Dinosaurs Clean Their Room?》、《How Do Dinosaurs Count To Ten?》。以上幾本，都是喜歡恐龍孩子的最佳選擇！記得讓孩子多看個幾本，過過恐龍的癮。

我認識的許多小男孩都是恐龍迷。不過，我家那三個卻是例外，所以，這本書在我家的共鳴度，只能列為中等。但有位朋友的孩子是標準的恐龍迷，這本書就快被他翻爛了！所以，閱讀口味真的沒有什麼絕對準則。

在親子共讀時，小恐龍在睡前耍賴，以及到了結尾還是得乖乖去睡覺，這兩種情節要用不同語調來朗讀喔！前者請用懸疑的語氣，後者則用安撫的口吻。

🍵 熊家私房玩法

❶ 務必在自家為恐龍男孩準備恐龍圖鑑，好讓他能盡情翱遊神奇的古生物世界！

❷ 孩子在夜晚常常拖延上床的時間，父母要溫和而堅定的讓他們培養出規律入睡的作息習慣。因此，睡前儀式很重要！這讓孩子知道：刷完牙、聽爸媽唸完故事書，就該要關燈、睡覺了！

朗讀範例

美國麻州某校錄製的完美朗讀。
goo.gl/gQ9rQt

另一個女生的朗讀示範。
goo.gl/mrRtla

孩子晚上會賴著不睡，有時是因為他還想多聽幾個故事。我家老二就是如此，他在睡前一定要看好本書！但，他只愛車子書、不愛恐龍書。

48

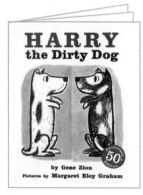

★★★★☆

《Harry the Dirty Dog》

文：Gene Zion　圖：Margaret Bloy Graham

故事大綱

哈利是隻很不愛乾淨的小白狗。牠超討厭洗澡，故意藏起洗澡刷。不過，等牠出門玩，全身髒到變成一隻小黑狗、連主人都認不出來時，牠又改變心意，馬上叼出洗澡刷子，拜託主人好好幫牠洗一洗！

本書特色

這本書獻給那些不愛洗澡的孩子，故事很值得他們警惕！其實，幽默成分居多啦。

我家的男孩們每晚在要洗澡之前，都會拖三拉四、滿心的不甘不願。

這是因為他們還想玩，不想去洗澡的關係。可是，通常一進浴缸之後，總又變成在裡面玩到不想出來！

記得我當年唸這本書給小熊聽，他不解的問我：「媽媽，怎麼會狗狗的毛色髒了，主人就認不出來？哈利的長相應該還是一樣啊！那要是哪一天我也玩得髒兮兮回家，你會認不出我嗎？」

其實我也會懷疑這一點。畢竟，小狗身上的泥巴或煤灰並

不是正常的毛色。如果我兒子變成泥巴人回來，只要一聽聲音，應該也能知道就是他。

不過，這本書畢竟只是趣味的創作，並不是真實案例。讀童書，可不能斤斤計較故事的細節是否合理。充滿童趣的想像力，才是孩子與家長的最愛！

親子共讀這本書時要注意，當哈利變成黑狗，回家之後主人認不出牠，因此開始努力表演一連串的老把戲。這時，朗讀語調應該要變得急促而快速，表達哈利的焦急與努力，也讓孩子跟著緊張起來。等到哈利洗過澡之後，終於變回了原來的模樣，朗讀者則要用開心高昂的語調來表示牠很開心的心情。此時，您的小小聽眾也會聽得很滿足喔！

朗讀範例

來看看這位奶奶級演員的精采朗讀。由美國影視演員協會 SAG 計畫錄製的影片，點閱率超高！

goo.gl/3B42pl

熊家私房玩法

❶ 若自家條件允許，不妨讓孩子試著養寵物，就算孩子年紀很小也沒關係，養寵物的體驗，可以當成孩子們學習生命教育課題的一環。

❷ 試著讓孩子親自幫寵物洗澡，或在旁觀察牠。當孩子將來再長大些，照顧寵物的工作就要他來共同承擔了。

49

★★★★

《Froggy Gets Dressed》

文：Jonathan London　圖：Frank Remkiewicz

 故事大綱

小青蛙 Froggy 在冬天醒來。看到外面下雪了，牠興奮的急忙跑出去玩雪，媽媽卻一直叫牠多加些在雪地裡該穿的衣服！因為往返好多次，實在太累，牠最後決定：還是去睡覺好了！

 本書特色

小青蛙的母親總是對正在雪中的牠大叫「Froggy，你忘記○○○了！」（○○○可替換為不同的保暖衣物）這種重複的情節與對話，是孩童最喜歡的對白模式，也能讓他們從中學到新的單字喔。

書 中的主角 Froggy 是一隻活潑、開朗，但個性有點脫線的小青蛙。青蛙媽媽因此經常提醒牠穿對衣物，而三不五時就要扯著喉嚨叫著「Frrrooggyy～」，而 Froggy 隨後也會不耐煩的回答「Wha-a-a-a-t?」。有趣的對白設計，成為本書及後續系列之作的最大賣點！這也是我跟小熊們共讀時，他們最愛的笑點喔。

　　由於這系列的小青蛙實在是太成功了！後來總共出了 27 集，且仍還在持續出版（註）。擁有這麼多的續集，足見 Froggy 有多受孩子歡迎！

註：這系列繪本以 Froggy Gets Dressed》打頭陣，其他還有：1.《Froggy Gets Dressed》、
2.《Let's Go, Froggy!》、3.《Froggy Learns to Swim》、4.《Froggy Goes to School》、
5.《Froggy's First Kiss》、6.《Froggy Bakes A Cake》、7.《Froggy Plays Soccer》、8.《Froggy's
Halloween》、9.《Froggy Goes to Bed》、10.《Froggy's Best Christmas》、11.《Froggy Eats
Out》、12.《Froggy Plays In the Band》、13.《Froggy Goes to the Doctor》、14.《Froggy's
Baby Sister》、15.《Froggy's Day with Dad》、16.《Froggy's Sleepover》、17.《Froggy
Rides a Bike》、18.《Froggy Plays T-ball》。

基本上，只要是與孩子日常生活息息相關的內容，也可成
為另一種生活教材喔。因為，孩子對於別人的經驗通常很感
興趣。像是這系列繪本裡的如《Froggy Bakes A Cake》、
《Froggy Rides a Bike》、《Froggy Plays T-ball》都可以成
為孩子們的生活範例。

這本書因為故事編得十分幽默、笑點威力十足，也難怪這
隻小青蛙的魅力會如此無窮！我家小熊當年也曾深深受到吸
引。他在美國看過第一集之後，馬上就央求我去圖書館幫他
預約續集呢！

親子共讀的最大笑點：就是爸媽在讀到青蛙媽媽呼喊
「Frrrooggyy ～」，接著要扮演小青蛙時，千萬要大聲的、
拉長尾音的聲音來回答「Wha-a-a-a-t ～」。這可說是書中
最有趣的一刻了！

朗讀範例

當 Froggy 急急忙忙
穿衣穿鞋時，內容
提到多種衣物的名
稱，注意穿戴動作過
大而出現的狀聲詞。
Ebook 示範朗讀。
goo.gl/nQMgPi

姊妹作《Froggy Goes
to School》也很值得
一讀。
goo.gl/kFLrRY

🐻 **熊家私房玩法**

❶ 找本青蛙圖鑑，讓孩子多了解些青蛙的種類。同時也要解釋：青
蛙與蟾蜍到底有何不同？（解答：青蛙的表皮通常光滑、溼潤，
四肢纖細且善於跳躍。蟾蜍俗稱癩蛤蟆，牠們的四肢粗短且行動
緩慢，皮膚粗糙，還有許多小疙瘩。眼睛後面還有一對突出、會
分泌毒液的大型腺體，稱為耳後腺或腮腺，青蛙則沒有。）

❷ 到木柵動物園可以看到許多特殊品種的青蛙，如毒箭蛙、各式樹
蛙，別忘了帶孩子去看看。

❸ 如果在夏日去鄉間旅遊，也可以在半夜帶支手電筒，與孩子到溪
畔、水邊觀察青蛙或蟾蜍喔。

★★★★

BOOK
50

《I Will Never Not Ever Eat a Tomato》

文／圖：Lauren Child

 故事大綱

蘿拉不愛吃青菜，更別說是味道超怪的番茄了！但，哥哥查理就是有辦法把蔬菜說成不是蔬菜的浪漫食物，讓蘿拉願意試著去吃吃看。

 本書特色

您也想說服自家那個偏食孩子去嘗試他排斥的食物嗎？試試查理哥哥這一招吧，可能會有用！但不敢保證必定奏效啦！

在美國讓孩子自學英文，電視節目方面除有《Super Why!》、《Caillou》、《Clifford the Big Red Dog》等 PBS Kids（註）的節目頗值得推薦，此外，還有《查理與蘿拉》（Charlie and Lola）這部卡通也是很好的選擇。尤其是該劇中人物說的一口流利英式英文，聽起來真的跟國人較常接觸的美語不太相同，讓人覺得有種另類的感受！

註：PBS Kids 是美國公共電視網 PBS（Public Broadcasting Service）的兒童頻道，有許多專為 2 歲以上兒童學習語言的節目；同時也設有網站，免費提供相關資源。

卡通《Charlie and Lola》源自英國插畫家 Lauren Child 在 2000 年創造的一系列圖畫書，第一本就是《I Will Never Not Ever Eat a Tomato》！因為上市後廣受好評，之後又誕生許多續集，並且改編成動畫。

這個系列之所以受大眾歡迎，主要是因為故事幽默，還有 2 位主角的個性很鮮活。蘿拉是一位極有主見、精力充沛的小女孩，哥哥查理則是十分有耐性與愛心的好哥哥。（這種男孩還真是俗世少見，我家小熊雖也是個好哥哥，但仍是有些脾氣！）蘿拉因為受到查理照顧，才慢慢的改變了許多偏見與想法。

我自己收藏了整套的《Charlie and Lola》DVD，而小熊兄弟們則都很喜歡看這個系列的繪本，經常自行從學校圖書館借來翻閱。無論影片或繪本，由於這故事的內容既風趣又寓教於樂，個人十分推薦。話說，我家老三也跟書中的蘿拉一樣，很不愛吃番茄；不過，他卻超愛番茄醬，還會拿起來偷喝……好險，已被我及時阻止了！

朗讀此書時，記得要用不同的腔調來展現主角兄妹的對話喔。蘿拉的聲音很可愛，有點撒嬌又帶點耍小性子的感覺；哥哥查理的語調，則是要聽起來一付很懂事又有耐心的樣子。

> **朗讀範例**
>
> Play and Shine 的女聲朗讀。
>
> reurl.cc/5Gbeyn
>
>
>
> Ebook 的活潑影片與朗讀。
>
> goo.gl/4Wiohh
>
>

🥣 熊家私房玩法

① 如果您的孩子不喜歡吃青菜，要不要試著讓他親近蔬菜開始做改變呢？可以在自家陽台種種小番茄、小白菜等蔬菜，再請他親自摘下來做生菜沙拉。我家小熊就是因此才愛上番茄的！

② 跟孩子試著套用這本書提及的創意，來玩玩這種更改食物名稱的遊戲。這可讓食物感覺更有趣喔！

BOOK

51

★★★★☆

《Leo the Late Bloomer》

文：Robert Kraus　圖：Jose Aruego

故事大綱

小老虎 Leo 什麼都不會。不會閱讀、不會寫字、吃東西總是弄得一團髒亂……爸爸好擔心，但媽媽說牠只是比較晚熟、沒開竅而已。爸爸仔細監控 Leo 的一舉一動，覺得牠好像沒什麼好轉。有一天，Leo 突然開竅了！牠什麼都會做了，爸媽好開心啊！

本書特色

討論孩子晚熟的繪本。每個孩子的成長快慢不同，父母不必太過心急。

劇場導演兼劇作家賴聲川曾說過：「每個孩子，都有他開花的季節，就像花一樣，不是所有的花都在同一個季節開。」他也說：「孩子就像花一樣，他什麼時候會開不一定。學習也是有季節的，當一個人碰到一個好老師，可是那個季節還沒到，他還是開不了花。如果季節對了，你碰上了，一下就開了。」賴聲川這種對孩子的教育觀，也在這個繪本裡被作者用了很簡單的故事來闡述。

這幾年開始流行「慢活」、「慢食」，甚至還有「慢療」等觀念，也逐漸受到大家重視。可是，都市裡還是有許多父母會讓孩子超齡學習。例如，許多台灣的小五生提早去補六

年級或七年級的數學、理化,這並不是少見的現象。孩子們被迫提早結束童年時光,學了太多的才藝、補了進度太過超前的課程,這都是教育的隱憂。

故事裡的小老虎 Leo,因為跟不上同儕的學習進度,所以爸媽很擔心。我也常見到許多父母在孩子上小學之後,幾次月考下來,也開始憂心:「為何我的孩子考得不好?」尤其是男孩的家長更常會出現這樣的焦慮。

我家的小熊哥在小學三年級之前也是成績平平。當時,家人曾勸我一定要讓他去外面補習,我忍住了,決定再給他時間自己學習。還好等到升上四年級之後,小熊終於開竅了!他對各科的學習漸漸感到上手。一直到小學六年級,他都沒有補過任何的習,而是靠著自主學習。所以,**有時候,父母不要心急。真的,孩子自然會有他自己開花的時間!**

共讀這本書的時候,朗讀者要表現出 Leo 父親表示擔心的語氣,也要裝出母親有耐性的口吻。這兩種語調,恰好是一正一反的對比。

朗讀範例

Mrs. Clark 的美好朗讀。
reurl.cc/2DlXkn

由台灣某位徐老師朗讀的版本。
goo.gl/eBtPtK

> 🐻 熊家私房玩法
>
> ❶ 與孩子討論書中主角的狀況,讓孩子知道,Leo 並不是笨,而是「晚熟」。也可順便解釋「晚熟」這兩個字的涵義。
>
> ❷ 告訴孩子,如果班上有學習比較遲緩的同學,應該要盡量幫助他,不可以嘲笑人家。

52

★★★★☆

《Guji Guji》

文／圖：Chih-Yuan Chen（陳致元）

故事大綱

一顆鱷魚蛋陰錯陽差的滾入鴨子窩！從中孵出的小鱷魚後來跟著小鴨長大，牠一直自以為是鴨子，卻遇到想要吃掉小鴨的大鱷魚……當然，最後牠用機智救了自己的家人。

本書特色

台灣繪本畫家陳致元的著名作品，展現幽默又溫馨的異族親情。

對於陳致元，很多人都會記得他最早的得獎作品《想念》，繪本裡描述女孩頭上的花朵，最後變成了獻在墳前的花。這麼多年來，陳致元的繪畫功力更是突飛猛進了！這本《Guji Guji》就在美國大放異彩，不但受到童書暢銷排行的肯定，就連在韓國也有亮眼的銷售佳績。

據報導，陳致元本來想當漫畫家。但他後來走上繪本創作的路子，其實也歷經了千辛萬苦。他曾住在頂樓加蓋的廉價租屋，什麼案子都接，只為完成繪本夢。如今苦盡甘來，不但成了台灣之光，繪本也帶給全球許多孩子歡樂。

請大家上 YouTube 網站，看看本頁附上聯結的朗讀示範影片，就可知道這本書在美國受到的重視了。這是由美國知名演員們朗讀繪本的公益影片，《Guji Guji》能夠雀屏中選，表示陳致元與他的書已經走向世界舞台！

　　這本書最有趣的情節是：小鱷魚 Guji Guji 即使被同類點出牠的身分，依然堅信自己是隻鴨子。

　　當然，這在現實裡是不可能發生的。因為鱷魚是肉食性動物，而鴨子卻是雜食性的。小熊就曾對此發出質疑：「Guji Guji 難道不會忍不住想去咬鴨子一口嗎？」鱷魚是自然界裡本性兇殘的掠食動物，我想，他的質疑在現實上是很可能的。但，這可是屬於兒童美好世界的繪本吶！我們當然要相信書裡面的 Guji Guji 會永遠愛著鴨媽媽與鴨子兄弟！

　　當壞蛋鱷魚出現時，請您試著用沙啞且恐怖的語調，來凸顯 Guji Guji 那種單純而開朗的口吻。這樣子，故事的善惡對比就更明顯了！

朗讀範例

StorylineOnline 超高點閱率的優秀朗讀！由實力派演員 Robert Guillaume 先生朗讀。
goo.gl/JCW42O

熊家私房玩法

❶ 讓孩子知道鱷魚的習性；並且給孩子看看牠跟鴨子的照片，說明這兩種動物在外形有著很大的差別。

❷ 鱷魚有兩種，來跟孩子一起來分辨 alligator 與 crocodile 吧！簡單的說，這兩種鱷魚在外形的最大差異就是頭部形狀。生活在沼澤等淡水環境的 alligator，頭部較寬，嘴巴較短、較圓，被稱為「短吻鱷」。而 crocodile 的頭部較窄，有著長又尖的嘴，通常生活於河川入海口附近的鹹水區，也就是所謂的「鹹水鱷」。

　　若從側面觀看嘴型也可以看到這兩者有明顯差異。當 crocodile 緊閉嘴巴時，嘴外還可見到交叉咬合的上下兩排牙齒。當 alligator 緊閉嘴巴時，通常只會露出上排牙齒。此外，鹹水鱷體型最長可達 7 公尺，是陸地最大的爬蟲類。

53

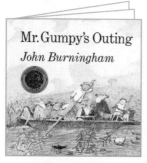

★★★★★

《Mr. Gumpy's Outing》

文 / 圖：John Burningham

 故事大綱

甘伯伯（Mr. Gumpy）要划船去遊河。結果，小朋友要跟，母牛和一堆動物也都要跟！甘伯伯要他們乖乖坐好就可以上船。沒想到大家還是不聽話，最後船翻了……那就一起落水吧！

 本書特色

這是欣賞兒童美術的絕佳作品。作者運用多種媒材來創作畫面，色彩跟筆觸都顯得豐富、多變且有趣。

這本書在台灣也有翻譯本，名為《和甘伯伯去遊河》。這本書在童書界獲得很高的評價，曾拿下凱特·格林納威等多項大獎。因為作者用了許多的創新媒材來作畫，並且巧妙的運用明暗及線條的變化，在視覺上製造出許多呈現對比或令人大感驚喜的效果。不但能吸引小讀者去注意畫中敘述的故事，也邀請小讀者進入劇情裡的世界，跟著作者一同猜測、判斷、詮釋，讓絲絲入扣的故事情節得以發展下去。

作者約翰·伯寧罕（John Burningham），1937 年生於英國。他在童年讀過知名的「夏山學校」；據說，他在校時的大部分時間都用來作畫。年輕時經常用打零工的方式浪跡四方。在 1960 年回到英國之後，曾幫交通局畫海報、幫雜誌社畫漫畫、設計聖誕卡。當第一本繪本《Borka》問世

時，立刻就獲英國最高榮譽的繪本獎項：Kate Greenaway Award，此後就專心從事創作繪本。

　伯寧罕曾說：「繪畫，就如同彈鋼琴。它並不是堆磚塊一樣機械化的技巧，而是要持續不斷的練習才會流暢自然。」伯寧罕的作品之所以如此成功，就在於他擅長運用壓克力顏料、蠟筆、炭筆和墨水等多種材料，畫出色彩明快又生動的畫面。本書也可以看到由許多不同媒材混合的作品，就請孩子與您仔細觀察每一頁的畫面到底用了哪幾種材料。

　唸這本書給孩子聽時，請試著強調甘伯伯那種警告各種動物的友善語調、用稍快的口吻展現大家不守規矩時的頑皮。最後，當全體統統都落水的那一刻，請盡量用充滿戲劇性的誇張語氣吧！

朗讀範例

美國俄勒岡州威爾遜維爾公立圖書館的館員 Steven Engelfried 先生，他示範了如何用手偶表演來為孩子們說故事。
goo.gl/wFaadf

也可參考小學生配音的黏土動畫影片。
goo.gl/KLDsCd

🍵 熊家私房玩法

❶ 帶孩子到碧潭或台中公園等可划船的景點，讓孩子體驗一下待在小船上搖搖晃晃的感覺。

❷ 讓孩子試著用不同媒材作畫。無論是蠟筆、水彩、炭筆、剪貼都很好。甚至，您們也可玩玩混合多種媒材的創作，這種方式最棒了。

BOOK

54

★★★★

《Tiger Can't Sleep》

文：S. J. Fore　圖：R. W. Alley

 故事大綱

我衣櫃裡的老虎睡不著。因為牠怕黑、因為牠晚上會肚子餓、因為牠想玩樂器……。最重要的是，牠不敢一個人睡！所以我讓牠跟我睡。但，最後換我睡不著了。

 本書特色

一隻吵鬧的老虎，原來是因為怕黑才不敢一個人睡！一本專為孩子創作的睡前讀物。

這本書可說是我在美國中文學校教學時最受歡迎的長青樹！每次小朋友聽了都會哈哈大笑。

　　我們剛從台灣搬到德州時，住的房子不像台灣住家那樣，會在房裡設置木工做的落地櫃，但每間房卻都有一道小門。原來，臥房裡面還隔出一個更衣室，裡面可以掛衣服、擺進自行購買的衣櫃，空間又大又實用！小熊還經常在裡面跟我玩躲貓貓！不過，一到了晚上，他就會害怕的問我：「媽，衣櫃裡面是不是有怪獸？」

　　這本書的衣櫃裡沒有怪獸，卻有一隻很吵很鬧的小老虎！牠之所以會這麼吵，是因為牠不想要一個人睡覺……每個孩子遲早都要經歷這段學著獨自睡覺的過程。尤其是歐美國家的孩子，很早就跟爸媽分房睡；所以，當地關於此類的睡覺

書還真不少！反而是台灣的小孩不太能理解這些書為何會出現這麼大的衣櫃？為何書中主角在睡覺前會怕怕？因為，台灣爸媽陪著睡的機率很高，孩子不太能體會歐美小孩普遍面臨的問題。

不論如何，**孩子會怕鬼怪，這也是抽象思考能力進步的一種象徵**。請家長多付出一些耐心，陪孩子走過這段路。這本書也可以是很好的幫手，它告訴孩子：衣櫃裡並沒有怪物，只有一隻很怕黑又很可愛的老虎！

親子共讀時，記得要把老虎那種可憐兮兮的語氣，還有賴著不肯自己睡的態度，好好的表演出來喔。保證小聽眾會喜歡這一套！也許，他們平時也是如此？

朗讀範例

配上咬餅乾等等音效的有趣影片。
goo.gl/fshBO9

一位老奶奶為孫女錄的精采朗讀。
goo.gl/LCKtMR

來看看美國 Maywood Fine Arts Association 推出真人演出的兒童劇場。
goo.gl/DyWo2H

我與美國中文學校的孩子們合影。那天我就是唸這本書讓他們開心。

🥢 **熊家私房玩法**

❶ 找些跟老虎有關的資料，照片、圖鑑或影片都很好。或者，帶孩子去動物園親眼瞧瞧老虎長什麼樣。

❷ 如果您的孩子也怕黑、幻想家裡的衣櫥到晚上會藏鬼怪，那麼，請讓孩子親自打開衣櫥，看看裡面是什麼東西。這樣可以幫助孩子慢慢克服害怕怪物的恐懼。

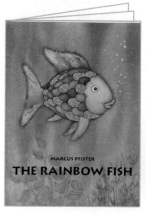

BOOK

55

★★★★

《The Rainbow Fish》

文 / 圖：Marcus Pfister　譯：J Alison James

 故事大綱

彩虹魚是大海裡最美麗的魚，卻沒人想跟牠做朋友……到底要怎樣做，才能獲得別條魚的友誼呢？海底的章魚給了彩虹魚一個建議，但是，牠若照著做就不再會是最美的魚了。該如何抉擇才好呢？

 本書特色

一本探討自戀、友誼與分享的好書。亮晶晶的彩色魚鱗，也讓這本書看起來十分搶眼！在眾多以魚為主角的繪本裡，大概就屬這條魚最有名了吧！

分享，是孩子要進入團體生活首先要學的、也是最重要的一件事。人是群體的動物，所以會討厭自私自利的行為。尤其是只喜歡獨善其身卻還喜愛炫耀的行為，這種人絕對會被大家厭惡。

以彩虹魚為主題的繪本，這是頭一本。也因為繪本用了特殊的亮片設計，再加上「分享」這個選得很好的題材，讓這本書一炮而紅！接下來還推出了許多續集以及改編的卡通，讓孩子們得以繼續與彩虹魚為伴。

其實，小孩子在成長階段本來就會形成「領域」、「擁有」的觀念，因而會常常聽到他們抗議「這是我的（mine）！」

這句話，我家迷你熊在 2 歲到 3 歲時幾乎天天都要講！我還因此在部落格畫了一篇名為《2 歲孩子，連狗也嫌》的漫畫。

等到老三迷你熊進入「terrible two」之後，那種屬於「我的」占有欲就更強了。記得有一次請 PG（play group）的媽媽跟寶寶們來家裡玩，結果迷你熊卻從頭哭到尾。因為他不想讓別人騎他的車、也不想讓人摸他的書，更別說是讓別人碰他最心愛的玩具了。我不論怎麼跟他好好說都不肯聽，只好把他與眾人隔離，然後提早結束這場聚會。從那次之後，我就常常跟他溝通「分享」的概念。也因為他即將要去讀幼幼班了，所以我拿出《彩虹魚》這本書，仔細的唸給他聽。漸漸的，他終於也願意分享手中的玩具了！

分享，其實是需要學習的！請大人也要多些耐心，給孩子一些時間去建立。等時機成熟了，孩子自然就會開始改變。

此書在親子共讀的一開始，當您要扮演這隻驕傲的彩虹魚時，請裝出十分高傲的語調！對照後來牠改變態度之後的口吻，更能讓孩子體會到這則故事的張力。

朗讀範例

StorylineOnline 點閱率超高的影片！來看看老演員爺爺的超人氣朗讀。
goo.gl/NW6yzm

🏓 熊家私房玩法

❶ 跟孩子談談為何要分享的理由。您可以提醒他，如果自己願意跟別人分享的話，大家一起玩會更快樂、他可以獲得別人的友誼……。這沒有標準答案，請以您家孩子的情況來跟他談這個話題。

❷ 如有機會的話，可以讓孩子養小魚。不過，在養魚之前一定要約法三章：定期餵魚、清洗魚缸等工作可不能全推給爸媽去做喔！

BOOK

56

★★★★

《Snowmen at Night》

文：Caralyn Buehner　圖：Mark Buehner

 故事大綱

雪人晚上到底做了什麼，怎麼第二天看起來歪歪的，好像很累的樣子？本書的解釋會讓您大大的佩服！

 本書特色

很有想像力的一本書，用有趣的方式向孩子解釋雪人融化的原因：就是因為它玩得太累了！

記得我在美國第一次堆雪人時，有 2 個心得。第一個是：雪怎麼那麼重？光是推雪球就很費工了，還要把球堆上去。所以，這要 2 人以上合作，雪球才會比較好抬。第二個是：雪怎麼那麼硬？雪人的鼻子（胡蘿蔔）怎麼那麼難插進去？原來，雪才不是全都軟綿綿的呢！尤其當雪被堆成雪球之後，可是硬得很喔！所以，做雪人一點也不容易。

當年，外子說要來美國做研究時，我跟小熊就幻想著玩雪的日子。沒想到我們是住在南方、很溫暖的德州。唉，幻想只能是幻想了……但是，當老二小小熊出生的那年聖誕夜，一向不會下雪的德州，竟然也飄下百年難得一見的大雪！隔天一早，當地居民全都樂壞了，紛紛出來打雪仗、堆雪人……我和小熊也跟著堆雪人。結果，試了好久都堆不好，只能與別人堆出來的雪兔合影，過過乾癮。

之後，我們搬遷到比較北方的肯塔基州。那裡四季就更分明了。每年 11 月到隔年 3 月都是雪季，我們終於真真實實度過 4 年的「white winter」！每次下大雪，孩子們就很興奮。下大雪代表學校可能會放雪假，因為道路上的雪與冰太多，美國政府基於安全考量而放雪假，這個雪假就像台灣的颱風假一樣。

不過，孩子開心，當媽媽的可就傷腦筋了！該如何安排孩子的活動，這可是個大問題呢。

還好，堆雪人永遠是孩子最喜愛的活動！每次雪假，我家門口就會多個站崗的雪人。不過，一旦開始融雪，孩子就會傷心。每逢此時，這本書就派上用場了。可以安慰孩子：雪人並不是融化，而是它玩得太累了！

共讀時，請快樂的唸出各種雪人在半夜偷偷玩的那些花招。最後，也別忘了要裝出雪人們玩累時那種很疲憊的語調！

老二跟我堆的
小雪人合影。

朗讀範例

一個發音很清晰、標準的朗讀示範。
goo.gl/y56uAe

一位美術老師以這本書的故事當主題，示範如何教小學生畫雪人。十分實用！
goo.gl/6cfk0e

熊家私房玩法

❶ 試著用紙板來打造自己的雪人吧！我家老大就曾與幼稚園老師一起用手工製作了卡紙雪人，它是由 3 顆雪球堆成的。不過，我們台灣人印象中的雪人多半只有 2 顆雪球疊在一起而已！

❷ 跟孩子談談這則故事的可能性。讓孩子自己告訴你，為何堆完雪人之後，它會開始慢慢變形？雪人真的會在半夜偷偷跑出去玩嗎？

BOOK

57

★★★★★

《We're Going on a Bear Hunt》

文 / 圖：Helen Oxenbury & Michael Rosen

 故事大綱

爸爸帶著 4 個孩子去獵熊。他們穿過大草地、走過泥巴路、河流跟許多地方，最後到了熊洞。可是，大熊實在太可怕！一開始說絕不害怕的獵熊隊，竟然全員落荒而逃！逃回家裡，馬上跳上床並且蓋上被子說：「我們再也不要去獵熊了！」

 本書特色

重複性的語句以及爆笑的結尾，讓孩子們願意跟著父母一讀再讀。 孩子們一定會喜歡上這本描述想去獵熊（bear）卻被追趕回床上（bed）的可愛童書。

當我與孩子們初次看完這本書時，都忍不住抿嘴而笑的想著「英雄變狗熊」！這支獵熊大隊，本來嚷嚷著他們什麼也不怕，沒想到，最後當真正的大熊出現時，大家卻狼狽的往回衝！還躲到棉被裡、怕熊追過來⋯⋯。

其實這本書在國外還被當做遊戲的歌謠。作者邁克爾·羅森（Michael Rosen）就在網路上示範了好多種朗讀時加入動作的範本，每個版本都十分生動、有趣！尤其當他裝腔作勢的說「We're not scared.」，以及表示「What a beautiful day!」時，表情超可愛！不過，我必須在您們還沒上網看影片時先告訴您，作者是一位看起來瘦瘦的怪老伯，並不是大帥哥哦 ！

　　我家 3 隻小熊在看完羅森先生的示範之後，馬上就對本書琅琅上口。不但會自己帶動唱，而且還能記住裡面的單字與行走順序！嗯，這本書的確很有創意，讓孩子印象深刻啊！

　　建議您跟孩子先觀摩作者親自表演的歌唱範例。當您們學會唱這首曲子之後，再來記住作者示範的動作。最後，再和孩子們一起站起來，面對面的來做這個唱遊活動！

　　本書生動的描述了一家人健行獵熊的經過。請以朗讀韻文的方式，栩栩如生的將途中出現的聲響表演得活靈活現。不論是踏在泥濘上或踩在水中，這些狀聲詞都能讓情節顯得生動又有趣！

朗讀範例

Walker Books 官網的影片，由作者邁克爾‧羅森（Michael Rosen）爺爺親自示範唱做俱佳的生動表演！
goo.gl/oHxEl1

另一段由作者示範的表演。當時他較年輕，表情更豐富。（此段影片不附插圖）
goo.gl/VlI7sx

> 看完這本書，我家老三有陣子都愛說：我要開著火車（紙箱）去 bear hunt！

🍵 **熊家私房玩法**

❶ 請爸爸媽媽也跟孩子在自家玩這場獵熊遊戲吧！您可帶著孩子到每個房間，假裝是在轉換不同的場景。並請爸爸當大熊，偷偷躲在最黑暗的房間，再讓爸爸突然出現，製造獵熊隊逃跑的高潮！

❷ 還可把獵熊的主題改為獵龍，換個歌詞，讓孩子想想大家可以經過哪些場景？而這些場景在自家可以是哪些房間？還有，獵龍時要配上哪些中英文的狀聲詞？

Fortune Cookie Fortunes
STONE SOUP
Tikki Tikki Tembo
Hello everybodee !!!!

Chapter 3

不同面向的主題，
更多元的世界觀

　　選入這章的 22 本書，單字量要比前階段的略為增加，故事情節也多半較複雜些。當孩子對第二章的繪本內容能體會到 7、8 成時，您們就可以開始接觸本章列的這些書了。若覺得程度還不行的話，也可以隨時跳回第二章。請不必拘泥程度的分級！有時候，孩子對某些特定主題的理解就是比較快，反之亦然。時時觀察孩子的狀況、彈性的調整書單，這就是父母應該付出的用心。

　　本章很特別的是，有 3 本選書的內容都跟我們的華人文化有關。《Fortune Cookie Fortunes》談的是美國中式餐廳會在飯後給客人「幸運餅乾」的特殊習俗。《Tikki Tikki Tembo》的故事背景設定為古代中國，是一則講述了 2 個兄弟掉到井裡的黑色幽默故事。至於《The Story about Ping》則是描寫揚子江養鴨人家的生活。這 3 本都是美國孩子認識中華文化的最基本入門書；不過，若從我們的角度來看，則會有些特別的感受（詳見內文）——原來，外國人看我們還是會出現一些有趣的文化差異呢！

　　本章也選入了幾本超有趣的傑作。例如《Officer Buckle and Gloria》，講的是一隻超聰明的警犬跟二愣子警察的幽默故事。《Miss Nelson is Missing》則是美式的校園黑色喜劇，描繪一位總被學生騎到頭上的老師如何演出一場絕地大反攻，這也是許多美國小學生最愛的搞笑繪本了。《The Monster at the End of this Book》則脫胎自美國最佳英語教育節目《芝麻街》，這本好書可以引領孩子走入《Sesame Street》的有趣世界，很值得花時間一讀。

　　等孩子能把本章列入的書都了解到 8 成左右時，就可以邁向第四章囉！我要在此順道一提：第四章選入的書籍，內容會比較深。所以，我建議您們也可直接跳到第五章，這 10 套很基礎的橋梁書，內容與單字反而會比第四章那 12 本來得簡單。總之，在這階段就讓孩子開始學著認識單字、練習自己讀英文書吧！

BOOK

58

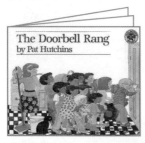

★★★★

《The Doorbell Rang》

文／圖：Pat Hutchins

 故事大綱

媽媽做了一些餅乾,當 2 個孩子正要分食之際,門鈴響了──又有小朋友要來分餅乾!而且這門鈴還響個不停⋯⋯最後,到底每個人會分到幾片餅乾呢?

 本書特色

用繪本介紹數學「分數」與「除法」概念的一本好書。

很少看到介紹數學概念的繪本!但,數學其實應該是生活裡最常被應用的學科了,我們在生活裡常需要進行各種計算。這部繪本透過孩子分享餅乾的例子,來介紹除法與分數的概念,十分的平易近人。

其實,在日常生活中也有許多讓孩子能認識數學的機會。例如,在餐廳吃飯時請孩子算算桌上的菜共需要多少錢?我也常請小熊他們自己去結帳,並預先算好老闆要找回的零錢。請爸媽多給些機會,讓孩子去幫您跑腿買些小東西,這可讓他們對於金錢、發票建立起概念,並養成進行檢查、確認的好習慣。

記得我在美國認識的日本醫師朋友愛子,她的女兒很小就抱著 KUMON 的習題一直計算、算完一本又換下一本,很有成就感!後來我才知道,原來KUMON就是日本的功文數學。

美國的大書局裡也經常販賣各種 KUMON 的作業本，誰說老美不流行這一套？如果您的孩子不排斥這些演算練習，不妨讓他試試。

在台灣，除了功文數學，還有 MPM 數學、百世數學，這些教育系統都強調靈活思考與多元解題。如果孩子對數學很感興趣也有天分的話，可以培養他在這方面的能力。

除了參加坊間的訓練課程，當孩子還小的時候，父母也可多運用一些日常生活的例子，來幫他建立數學方面的觀念。這是家長可以做得到的事。所以，建議您可好好運用此繪本，對於孩子的數學思考能力會有幫助的。

為孩子讀這故事時，請記得：當門鈴每次響起時，請用既驚訝又遺憾的語氣，點出孩子們得分餅乾給別人的那種心情。

朗讀範例

Simitri Crane 示範的朗讀佳作。

goo.gl/iqrfF1

來看看兩位老師如何討論此書提到的數學概念。爸媽們或許也可仿照裡頭的做法，拿一堆扣子，跟孩子進行均分的練習喔！

goo.gl/IeuLIK

小熊自己練習做餅乾，正在小酥餅的麵團上面盛放果醬。

🐻 熊家私房玩法

❶ 小熊從小就很愛跟我一起動手做餅乾，到現在他還會做呢！建議您可與孩子上網查詢做餅乾的食譜，並且跟孩子試做各種不同的的餅乾！

❷ 做好餅乾後，也學學這本書的情節，假設家裡來了一些訪客，跟孩子玩一場如何均分餅乾的遊戲！

❸ 有時候，這些餅乾就是無法被平均分配，也就是除不盡的意思。問問孩子他有哪些好辦法可以分掉這片剩下的餅乾，是要按年紀來分呢？還是大家靠猜拳的方式來分？

BOOK

59

★★★★

《The Monster at the End of This Book》

文：Jon Stone　圖：Michael Smollin

 故事大綱

Grover 發現在書末會出現一個怪物，所以他用盡各種方法來阻止讀者翻頁……不過，等您翻到最後一頁時必定會發笑。故事結尾果真有個 monster，它原來就是 Grover 自己！

本書特色

陪同許多美國人長大的《芝麻街》（Sesame Street），是美國兒童公共電視台（PBS Kids）的長青節目。本書就是節目裡其中一個角色 Grover 的爆笑故事。

記得小熊在美國念書時，很喜歡觀看美國公共電視《Sesame Street》這個節目。其中，他最喜歡的單元就是《Elom's World》（中譯「艾摩的世界」或「毛毛的世界」）。不過，他也很喜歡 Big Bird、Grover、Bert、Ernie、Oscar 等有趣的角色……沒錯，裡面的角色有很多都是可愛的、毛茸茸的「monster 」！

之所以會選這本書，除了它是小熊在幼時很愛讀的有趣繪本之外，同時我也十分肯定芝麻街在兒童英語教學的多年深耕。這個製作單位不僅推出了很多影集，還出版不少好書，甚至還有許多首好歌！

我家迷你熊在1歲半到大阪環球影城遊玩時，遇到了一隻好大的 Elmo 來跟他握手。一開始，迷你熊嚇得縮進推車裡不敢動，但等到 Elmo 無奈走開之後，他卻突然像觸電一樣的跳起來，追著 Elmo 要跟對方牽手、討抱抱！從此以後，他的心愛玩具又多了一個小 Elmo，而且，他也開始很喜歡聽《Sesame Street》的歌謠。

之後，我特別為迷你熊找出好多首《Sesame Street》歷年精選曲的 mp3，讓他在出遊旅途中拿著小播放器來聽。因此，他也學會了多首英語歌。可以這麼說，我家3個孩子都因為《Sesame Street》而學了不少英文，在此真誠道謝！

當親子共讀此書時，請表現出 Grover 在書中每一頁都用著很驚恐、害怕的語氣，等唸到結尾時，才改用鬆了一口氣的口吻講出那個很好笑的結論——因為，他就是故事尾聲的那個 monster ！

此外，這本書可能因為太成功了，還推出了續集：《Another Monster at the End of This Book》，故事裡除了 Grover 這隻藍毛怪獸，還多了一隻紅毛怪獸 Elmo。這本書的情節也十分爆笑，建議可以與孩子共同讀一讀喔。

朗讀範例

電子書的版本。
goo.gl/hPk2xd

一位父親為兒子的朗讀（到4:28就可停止）。
goo.gl/9fbxrH

圖書館的互動 story time，十分生動有趣。
goo.gl/GJbuXL

後來，迷你熊突然主動起來，追著轉身離去的 Elmo，要 Elmo 抱抱、跟他玩。

熊家私房玩法

❶ 上網找《Sesame Street》的節目錄影紀錄或歌曲集，讓孩子了解美國人喜愛這個節目的原因。

❷ 《Sesame Street》在 PBS Kids 的網站也有許多的免費資源，例如有趣的 Game 或影帶，值得好好利用。

❸ 《Elmo's World》這個節目也推出了一系列短片，可拿來當做孩子學英語的好教材。

★★★☆

《Muncha! Muncha! Muncha!》

文：Candace Fleming　圖：G. Brian Karas

 故事大綱

Mr. McGreely 一直都想要自己種蔬菜，他終於耕出一塊果菜園；沒想到，卻有 3 隻聰明的兔子總會趁著夜晚來偷吃。一場人兔大戰因此展開，但，故事的結局卻很出人意料！

本書特色

有趣的人兔鬥智大戰！奇怪的是，兔子總是能突破封鎖線吃到 Mr. McGreely 的蔬菜。很神奇，但也真令人咬牙切齒！

我也曾在美國中西部的小木屋旁開闢一塊家庭菜園。因為，我與 Mr. McGreely 一樣想吃自己親手種的蔬菜！這段種菜的經歷，也成為我一生最難忘的回憶。

記得剛開始種菜時，我種的是番茄、茄子與絲瓜。種苗是台灣同鄉給的；但是，這些嫩苗沒多久就被不知名的動物給啃得慘不忍睹！於是我開始架鐵絲網，想出各種防範措施。但神奇的是，那動物總有辦法破解，我的苗總是還沒長高就慘遭毒手了。我開始懷疑那些出沒在我家院子的小動物。小松鼠，會是牠嗎？花栗鼠，會是牠嗎？土撥鼠（我家後院真的有土撥鼠），會是牠嗎？我像個疑神疑鬼的偵探，到處 spy 可疑的罪犯！當然，我只能確定凶手絕不是我家的三隻小熊，因為他們一點都不愛蔬菜！

　　最後，某日清晨當我站在陽台時，看到一隻長相奇怪的野獸，大剌剌的爬出我家院子的鐵欄杆，把我嚇得目瞪口呆。後來一查，原來那是當地特有種、類似果子狸的保育動物。既然珍稀動物大駕光臨咱們的熊族菜園，我也只好含淚苦笑的說：「榮幸之至，請享用！」

　　這本書把人兔大戰描寫得唯妙唯肖，孩子絕對會為 Mr. McGreenly 加油，但也會對兔子的神奇本領暗中叫絕吧！

　　親子共讀時，要把握的重點是：把兔子溜進菜園裡，以及牠們大啃蔬菜的狀聲詞，好好的、清晰的唸給孩子聽。一再重複的過程，就是本書的最大笑點喔！

朗讀範例

精采的女聲朗讀示範。
goo.gl/pIrLKz

也來聽聽 Penny 小姐的清晰朗讀。
goo.gl/43flr6

可愛老爺爺在圖書館的精采朗讀，超有戲的！
goo.gl/ir9i1F

當年小熊們也一起幫忙翻土、開墾後院裡的菜園。

熊家私房玩法

❶ 試著在家裡找塊空地來種植蔬菜。若沒有前後院的話，也可以在陽台用花盆來種植。小熊兄弟很不愛吃青菜；但若是自己種的，就會很珍惜的吃下去！

❷ 如有機會的話，可讓孩子養養兔子。這種動物個性溫馴又好養。不過，一般兔子的體型都會長到頗大的程度！最好要有心理準備，現在很嬌小的兔寶寶，將來還要幫牠換個大籠子喔！

BOOK

61

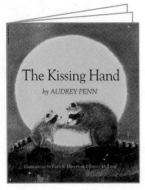

★★★★☆

《The Kissing Hand》

文：Audrey Penn　圖：Ruth E. Harper & Nancy M. Leak

故事大綱

小浣熊不想離開媽媽去上學。因此，浣熊媽媽教牠一個愛的魔法：媽媽在小浣熊的手上印下一吻，小浣熊就有了 kissing hand。當牠在學校想念媽媽時，就拿出這隻手提醒自己：「媽媽的愛，與我同在。」

本書特色

一本很溫馨的入學準備書。孩子多少都會有分離焦慮，尤其是第一次離開媽媽去上學，總止不住想念的淚水。本書獻給孩子與父母一個很好的觀念：分離總是很難的，但是人總會長大。所以，爸媽要孩子把愛銘記在心，勇敢面對任何困難，不光是上學這件事而已。

記得我家老大小熊哥第一次上幼兒園時，是在美國德州的海邊小鎮。當時，因為比他小 3 歲的弟弟誕生了，所以小熊哥就被迫在白天去上半日的學，好讓媽媽可以暫時的專心顧一下寶寶。

雖然之前已經帶小熊哥參觀過學校，但是第一天上學時，他還是眼眶盈滿著淚水。最後是演變成我躲在窗外哭、他在教室裡哭的情景。還好，小熊哥的適應力很強，也知道自己不該一直撒嬌。不久，他就不哭了。

等到第二個孩子上學時,那景況可真是驚天動地!小小熊3歲半時,我們已搬到了到處都有綠色草原與駿馬的肯塔基州。小小熊去的是一間規模不大、感覺很溫馨的教會幼兒園,裡面的學生以白人為主。他第一天進教室就很開心的忙著嘗試新玩具,連再見都不跟我說一聲。不過小小熊後來終於明白「上學時媽媽不能陪在身邊」的道理,之後就開始天天上演耍賴外加十八相送的戲碼。大約有2個月的時間,每天早上,小小熊一到了校門口就哭喊著:「我不要上學!」到了教室前則哀嚎:「我不要進去!」每當我要離開時,他更是緊緊抓著我的大腿,一把鼻涕一把眼淚的哀求:「媽媽留下來!」最後,還是靠美國老師用力的抱著他,我才能脫身離去。

脫身的當下,我還是很有愧疚感。但是老師們事後告訴我:小小熊一進教室後就不哭了,跟大家玩得很好哩。等我去接他時,也總是見他笑嘻嘻的,好得很。如今,他早忘了這檔子事,心理也沒什麼陰影。更妙的是:**他第一天上小學時,一點兒也不想哭。第二天還叫我不用去接他放學,他要自己走回家!**

孩子的成長好快,最後捨不得離開的,其實是父母。

本書很適合唸給第一次上學的孩子聽。請一定要十分溫柔的朗讀,讓即將上學的孩子體會到「媽媽的愛,會一直與我同在」。

朗讀範例

另一個 StorylineOnline 的精采朗讀,高點閱率!不可錯過。
goo.gl/QNWBS5

NOOK Online Storytime 的美妙影片朗讀。
goo.gl/JNKYIM

我家老三第一次上幼兒園那天,也跟媽媽來個 kissing hand 的儀式。

🏓 **熊家私房玩法**

❶ 為剛上學的孩子製作一個 kissing hand,不論是真的把吻親在手上,還是用卡紙做成鑰匙環讓孩子可以隨身攜帶,都請告訴孩子:爸媽的愛與他同在。

❷ 找本動物圖鑑,告訴孩子浣熊的居住地與習性。還有,牠們雖然很小卻會用水來清洗食物的衛生好習慣。

★★★☆

《Lilly's Purple Plastic Purse》

文／圖：Kevin Henkes

 故事大綱

莉莉買了新的紫色包包，因為在課堂上不斷的向同學跟老師炫耀，結果被老師沒收了。莉莉很生氣，寫了關於老師壞話的紙條給老師，但是老師也回了張安慰她的紙條，莉莉看了心中很後悔。因為，她還是喜歡老師的！

 本書特色

這是一本適合國小低年級的書，這裡指的是內容，並不是英語程度！講的是關於「教室秩序」跟「自我控制能力」的議題。

作者 Kevin Henkes 出過許多叫好叫座又得獎的繪本，例如《Chrysanthemum》、《Owen》、《Sheila Rae, the Brave》等，他有許多佳作都是以小老鼠為主角喔！老實說，這位作者的畫風並不是走精緻、唯美的路線，角色設定也很簡單；但是，他對兒童心態的入微觀察跟細緻描述，讓他榮獲了繪本界凱迪克獎的殊榮！他同時也創作少年小說，可說是一位多才多藝又本本暢銷的人氣作家。

本書探討的也是他最擅長的校園題材。孩子就是孩子，有了新禮物當然會想向人炫耀。但是，如何在課堂上遵守規矩並尊重老師，就是本書要傳達的意念。有時候，孩子不能了解某些行為的界線，而老師的約束則會讓他們大感氣憤！此

時，家長要站在中立的立場，多去了解事情的脈絡，才不會誤判。

本書中的小老鼠 Lily，最後終於理解了老師的善意。但是，類似這樣的師生問題，到了台灣常常會因為家長的不當介入與媒體渲染，反而讓問題惡化而以遺憾收尾。這也許是題外話，但我認為家長也該時時提醒自己：不要當一個怪獸家長！對於孩子與老師的紛爭，也不要非理性的介入太深，反而應該多與老師善意的溝通。也請您相信，孩子有時候也能憑自己找到答案。

親子共讀時，請爸媽裝出 Lily 愛炫耀的樣子；還有，當她開始生老師的氣的時刻，以及當她知道老師是好意而反省、後悔的語調。

朗讀範例

Kristi Bailey 小姐的美好朗讀示範。
goo.gl/nFFYuu

來看看 Custer 小姐製作的清晰圖片朗讀版。
goo.gl/LxWwMa

與孩子欣賞一下 Denver 兒童劇場的真人戲劇演出。
goo.gl/E2OkFW

在師生關係良好的狀況下，老師會有更多的揮灑空間！

🏓 熊家私房玩法

❶ 告訴孩子：不要帶太多私人物品到學校炫耀，尤其是新玩具、新背包等。

❷ 告訴孩子：對老師有不滿或疑問時，要找機會好好向家長或老師說明，千萬不要生悶氣或做些傻事去報復老師。好好溝通、勇於表達，這才是懂事的孩子！

BOOK

63

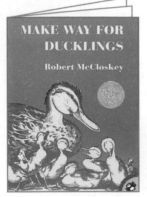

★★★★★

《Make Way for Ducklings》

文 / 圖：Robert McCloskey

 故事大綱

野鴨爸爸去探險，牠與鴨媽媽相約在波士頓的一座公園裡會合。某日，鴨媽媽帶著小鴨們過馬路，想去公園找鴨爸爸，沒想到一路上卻險象環生。還好有警察伯伯來開路，小鴨們才能夠安全走到公園裡跟鴨爸爸歡聚。

 本書特色

簡單的鉛筆素描，卻完全展現出作者說故事的功力！本書是動物保護及生命教育的絕佳教材。

這本在 1941 年初次出版的經典繪本，在美國可說是家喻戶曉，尤其在作者預設的背景所在地波士頓更是如此！該市的 Public Garden 裡，就有鴨媽媽帶著 8 隻小鴨的銅雕像，這裡也是童書迷去波士頓時必定朝聖之地！據說，下大雪時，公園的清潔人員還會小心的挖除這些鴨雕像上的積雪，不讓大雪困住這群鴨子。多麼溫馨的舉動！

在美國，保護野生動物似乎是很自然的事。公園裡也常有各種鴨子。但，如果牠們飛到中國的話，可能就無法如此悠哉了。因為，牠們很快就會被人抓住，變成烤鴨、板鴨或者薑母鴨吧！

我曾在美國認識一位四川女孩，她每次看到公園裡的鴿子或鴨子，總會帶著垂涎的表情對我說：「我肚子好餓喔。這些鴨子看起來真好吃！牠們真好命，在這裡能悠哉悠哉的，要是在中國，早就被吃光光了！」我聽了，臉上頓時出現三條線。但她說的可能也是事實。所以，讓路給小鴨子這種事情，在亞洲很可能不容易出現這種美事。這裡食指浩繁。想要保護野生動物過馬路？拜託，抓起來吃、補充蛋白質都來不及了！

當親子共讀時，要記得特別描述故事裡有個趣點：那就是 8 隻小鴨子的名字：「**Jack, Kack, Lack, Mack, Nack, Ouack, Pack and Quack**」全都以 k 音結尾，聽起來就像鴨子正在呱呱叫！這段是孩子們聽了還想再聽、且會主動記住的繞口令，請好好的唸出來、逗孩子開心。

朗讀範例

來聽聽歌曲版。用美國鄉村風唱出這則故事，還滿好聽的喔！
goo.gl/mbXQ0H

Mrs. Clark 的美好朗讀。
reurl.cc/KpOZny

🥢 **熊家私房玩法**

❶ 帶孩子們到動物園的可愛動物區看鴨寶寶。

❷ 告訴孩子們過馬路時要注意的安全原則：左看、右看，等綠燈亮了再走過去，走到路中間也要提防轉彎的車子突然闖過來！

❸ 告訴孩子關於洛倫士（Konrad Lorenz）跟小雁鴨的故事，以及他創立的「銘印（imprinting）」學說：小鴨子一出生，會把第一眼看到的動物認定是自己的母親。

BOOK

64

★★★★★

《Stellaluna》

文 / 圖：Janell Cannon

故事大綱

蝙蝠媽媽遭受攻擊，掛在牠身上的小 Stellaluna 因此掉入樹叢裡的鳥巢。鳥媽媽好心收養 Stellaluna，但是小鳥卻發現牠跟大家很不一樣：牠是倒立站著的！鳥媽媽警告 Stellaluna 要乖乖跟著大家直立的站著，Stellaluna 也照做了。直到有一天，牠遇到真正的同伴告訴牠：牠本來就該倒立站著！

本書特色

這是一本探討**自我認同**的好教材，讓讀者了解，別怕展現原本最真的自己。

這本書很有趣，選用了一般人都不喜歡的蝙蝠當主角。故事裡的 Stellaluna 應該是生活在熱帶森林的果蝠。這種蝙蝠的體型較大，以果實為主食，頂多再吃點花蜜或花粉。我們常見的蝙蝠體型較小，靠回音來找昆蟲吃。有著無辜神情跟晶亮大眼的果蝠，卻是靠視覺與嗅覺來尋找食物的喔！不過，蝙蝠就是蝙蝠，牠們仍有著共通的生活習性：晝伏夜出、睡覺時身體倒吊著。這本書也從鳥類跟蝙蝠的習性差異，衍生出不少逗趣的情節。

我其實有個疑問：內容有一段是在描寫鳥媽媽餵牠吃蟲子，Stellaluna 覺得好難吃，但還是忍住而嚥下去了。小熊當年

想到的是：牠會不會消化不良呢？這樣真的可以沒事嗎？當然，最後當 Stellaluna 可以大口大口吃水果時，小熊也真心為牠感到高興。

有時候，我們會覺得自己與某群人格格不入，其實這很可能就像這則故事一樣，是我們找錯團體了！如果你不是鳥，又怎麼能硬逼自己表現得像隻鳥呢？蝙蝠就是要倒立才正常嘛！勉強自己像鳥一樣站立、去吃鳥的食物，最後痛苦的還是自己。

這本書隱含了一個很嚴肅的話題，那就是：人應該要接受自己本來的面貌、了解自己真實的樣子；要接受自己，不必勉強自己去模仿他人。

如果孩子在人際交往時也有類似困難，請記得鼓勵他忠於自己原來的樣子，並和自己的同類（價值觀接近的人）在一起，這才是最重要的事情。

請為孩子努力唸出 Stellaluna 對於食物與站立的疑惑；還有鳥媽媽對牠的警告，要用嚴厲一點的語氣喔！

朗讀範例

又一個 StorylineOnline 的精采朗讀，由女演員 Pamela Reed 朗讀的版本，她的語調充滿了情感張力。
goo.gl/EWTegz

LCS Summer Read Along 提供的精采朗讀示範。
goo.gl/AZDuXu

> 🐾 **熊家私房玩法**
>
> ❶ 帶孩子去動物園的夜行動物館，看看蝙蝠長什麼樣子。
>
> ❷ 本書的 Stellaluna 是吃水果的蝙蝠。找本蝙蝠圖鑑，讓孩子知道蝙蝠也有很多種類。有吃蟲子的、有會吸血的——不過，牠可不是吸血鬼喔！

BOOK

65

★★★★☆

《Stone Soup》

文／圖：Marcia Brown

故事大綱

3 位士兵走到一個民風很保守的小鎮，因為要不到食物，便告訴大家如何煮一鍋石頭湯。結果，大家都受惠了，包括士兵自己。

本書特色

這是一則廣為流傳的古老故事，有人說它源自歐洲的法國或俄國，也有一些版本是以亞洲僧侶為主角。不過，它們都有相同的主旨：做人不要自私，每個人都付出一點點，大家都能受惠！

此書的版本很多，在美國的小學課堂也常常拿來當成討論的題材。因為這是一本可讓人認識可食用之物與煮湯配料的書，也是一本讓大家學會**拋棄自私與成見、幫助他人等於幫助自己**的書。

在物質匱乏的戰爭年代，大家為了生存，當然不會輕易拿出食物給陌生人，尤其是軍人！他們代表的可能是暴力或威脅。所以，故事一開始村民很不友善，其實是可以理解的。

這則故事讓我想到已過世的老父親，他在少年時代被拉去從軍，被迫參加過許多戰役。他告訴我最難忘的一段回憶，就是有次跟軍隊失散了，走了好幾天路，又飢又渴，只好沿

路敲民宅的門、乞求給些食物。有一天，一位正在煮飯的婦人因為被父親打擾，氣憤的扔了一些食物給父親，並且憤慨地說：「要食物？軍人老是來要食物！你們是乞丐嗎？我們自己都不夠吃了，煩不煩啊！」然後，她當著父親的面，重重的摔上大門。

父親當時才 15、16 歲，遇到這種狀況只能面紅耳赤、久久說不出話來。最後，他選擇了骨氣，寧可餓肚子，也要把那顆饅頭給丟了。

父親過世已經許多年了，我卻還清楚記得這段故事。我曾想過，如果父親當時有同伴，也來村莊裡煮一鍋石頭湯，不知道這婦人會不會比較和顏悅色、拿出食物跟大家分享呢？

想像歸想像，現實仍是殘酷的。但，我們還能在童話故事裡找到歡樂的結局。

朗讀範例

由 Story Reader 製作的影片，朗讀者 Liz 女士的表情跟語氣都很棒喔！
goo.gl/fH3wBh

Bookroot Readings 的朗讀示範。
reurl.cc/X4aoMe

> 🏓 熊家私房玩法
>
> ❶ 與孩子試著一起煮 stone soup。放入洗淨的石頭、馬鈴薯、肉塊、紅蘿蔔、包心菜……只要是冰箱裡有的食材，都可以放進去，看看煮出來的湯會如何？
>
> ❷ 告訴孩子：如果行有餘力，要多多「手心向下」、施捨多出來的資源給需要的人，就像陳樹菊阿嬤一樣。人賺的愈多，就愈應該降低對物質的欲求，把多的資源分享給他人。行善最樂，助人至善！

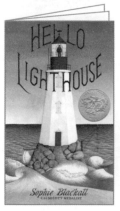

★★★★★

《Hello Lighthouse》

文 / 圖：Sophie Blackall

故事大綱

大海中一個小小的燈塔，守住燈塔的人（我稱他為守夜者）
和陸續住進來的家人，一起守護燈塔的美麗故事。

本書特色

1953 年凱迪克金牌得獎作品。是一本很老、但卻描寫深入的
動物故事。

本書是修訂版新增的作品。這本書有得到一個超級重要
的獎項：凱迪克金牌獎。起初，光看封面，我也不知
道這本書特別的地方，但是打開以後，真的停不下來，看完
以後便在心中讚嘆不已。

　　除了畫風十分具設計感之外，文字還是作者自己寫的。由
於我本人也從事繪本創作，所以了解：通常圖文都很強的作
品，多半是由寫稿者和圖畫創作者共同完成的。不過這本書
真的是讓人嘆為觀止，作者的圖畫，完美表現了他想要呈現
的文字！難怪會得獎。

　　大海中，一個小小的燈塔，會有什麼故事好說呢？其實在
燈塔裡，也會有各種各樣的事情，就發生在燈塔管理人和他
的妻子，以及他後來出世的孩子當中。

朗讀範例

goo.gl/a4ze8J

goo.gl/39RioE

　　守夜者的生活，原本是十分枯燥乏味的，但是因為守夜者的家人陸續來臨，讓冰冷的燈塔也漸漸染上了生氣。潮起潮落、冬去春來，生命也在守夜中，有了新的意義。

　　雖然，最後燈塔改成電氣化設備，不需要燈塔管理人了！守夜者一家人，默默離開了燈塔，但他們搬遷到不遠的海岸，繼續守護著燈塔。所以，燈塔守護了航行的人，而守夜者永遠守護著燈塔。

　　本書的英文，精巧簡單而富有韻律性，圖畫更有美感，的確是近年不可多得的佳作。在此特別推薦給大家，在親子共學英語的同時，也能深刻體會在大海中的小小燈塔裡，守夜者的美麗故事！

> 2021 年暑假，長大的三隻小熊一起來看鵝鑾鼻燈塔！

🐻 熊家私房玩法

❶ 看完本書後，我帶著孩子去參觀台灣的燈塔，了解燈塔的作用與實際的營運狀況。如桃園的白沙岬燈塔、墾丁的鵝鑾鼻燈塔，都有各自的歷史故事。

❷ 可以上網找各種特別的燈塔圖片，比較各國燈塔的不同樣貌。

❸ 輪流朗讀，或是把內容改編成讀者劇場，讓孩子演出。

67

★★★★

《Fortune Cookie Fortunes》

文／圖：Grace Lin

 故事大綱

美國的中餐館在飯後，會贈送免費的「幸運餅乾」（fortune cookies）給客人。小女孩全家人都覺得裡面的字條內容並不是真的，但是主人翁仔細觀察，發現竟然都一一成真了！

 本書特色

這是一本可以認識美式中餐館、感受華人文化的好繪本。

我在美國圖書館裡幫孩子借書時，偶然發現了 Grace Lin 的畫作，感覺十分親切。後來才知道那親切感不是沒理由的： 她是台灣裔的美國人。之後我在美國中文學校講課時，常常拿她的作品當做華裔的文化教材。據我所知，許多美國小學老師也是如此。

在台灣長大的我們，應該沒有人拿過幸運餅（fortune cookies）吧！不過，若您到美國的華人餐廳吃飯，應該常會發現這個很有趣的飯後小禮物。它不見得美味，但外國人卻超愛看餅乾裡面小紙條寫的字語！當然，這也變成我們很不熟悉、但外國朋友會對中餐廳的基本印象跟期待。

通常，當我們把 fortune cookies 對半掰開時，裡面會出現一張細長的小紙條。紙條上會寫些哲語或是像算命一樣曖昧

的預言，例如：

> You will find the thing you are looking for.（你將找到你想找的東西。）
>
> As you sow, so shall you reap.（種瓜得瓜，種豆得豆。）
>
> A contented mind is a perpetual feast.（知足常樂。）
>
> Do as you would be done by.（己所欲施於人。）

你無法反駁這些話語。因為哲理本來就是放諸四海皆準的，算命似的預言也暗藏著許多可能性。這也是 fortune cookies 總是讓人很感興趣的原因。就像去廟裡求籤一樣：能多知道一點跟自己未來有關的事，總是聊勝於無嘛！

再來說說作者。跟許多華人第二代一樣，Grace Lin 說她小時候對自己的華裔身分沒有什麼特別的認同感，也不想知道關於 Chinese 的故事。但是母親常偷偷擺一些中國古老傳說的故事書給她讀。長大之後，她才開始尋根，並以此為創作題材。後來，她也因此大放異彩！她的作品成為華裔族群常用的教育題材。

她還有另一本知名的繪本《Dim Sum for Everyone》，書裡介紹了許多港式茶餐廳的點心，也很好看！另有一本得到紐伯瑞文學獎的著作《Where the Mountain Meets Moon》（月夜仙蹤）及另一個新作《Starry River of the Sky》（繁星之河），這幾本都很適合小學中高年級的孩子閱讀，故在此一併推薦。

一起來看看這本英文繪本，了解什麼是 fortune cookie 吧！

🏓 **熊家私房玩法**

❶ 去美國時，有機會不妨到中國餐館用餐，飯後也要記得拿個 fortune cookie，看看裡面到底包了什麼智慧小語。

❷ 拿些紙片並用英文寫上格言，塞到小餅乾的包裝袋，在自家裡也來場飯後發放 fortune cookie 的活動，順便讓孩子練習對英文的理解力。

朗讀範例

由網友自製的影片，配上咬開幸運餅的喀嚓聲及中國風的配樂，朗讀也很有水準喔。
goo.gl/t7OZEf

專訪作者 Grace Lin 的影片，可以見見作者本人。
goo.gl/kd9ynY

也來看作者談小時候的亞裔心情，與創作的建議。
goo.gl/8aoX1D

BOOK

68

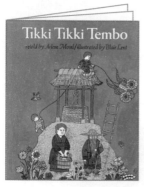

★★★★☆

《Tikki Tikki Tembo》

文：Arlene Mosel　圖：Blair Lent

 故事大綱

在古中國，爸媽會給長子取個很長很長的名字，其他孩子則隨便取個很短的名字。（這不知是從哪裡聽來的傳說？）總之，這位名字很長的老大，有一天不小心掉到井裡，小弟要救他，竟然因為說不好哥哥那個落落長的名字，而延誤了搶救時機！

 本書特色

這是一本可以讓孩子練習繞口令的幽默繪本。

這本書有個中文新版，名為《踢踢踢踢天寶》，好妙的翻譯！雖然這是以中國人當主角的故事，我還是建議大家買原文版來讀給孩子聽；因為，中文翻譯總是差那麼一點點。那故事裡的幽默與奧妙，還是用原文表達較傳神！

我曾在小熊部落的 Facebook 上分享這本書。有位住在美國的媽媽這樣回應：

「Tikki Tikki Tembo 聽起來不像華人的名字，Chang 則和小一點關係也沒有。我剛剛 Google 了一下，才發現《Tikki Tikki Tembo》應該是源自於日本的民間故事。4 歲小兒在他學校是唯一的華裔學生，雖然這本書像繞口令般的名字我兒子一定會有興趣，但光是作者連故事來源都搞不清到底是中國還是日本，就讓我對唸這本書給孩子聽的意願打了折扣。

更不用說，我覺得故事內容帶有貶低中國人的意味，以及對長子的強烈偏好。對一個在美國努力養育下一代的移民家庭，英文童書選擇極多，如果要找有趣又要有 rhyme 的童書，我會選擇 Dr. Seuss 的書。」

而我的回應是這樣的：

「我個人當年唸到這本書，也有類似的負面想法（我姓 Chang）。隨著年齡增長，對事情的看法也寬容多了。不論是哪國的故事、不論我是哪國人，我們都是世界的公民……不必畫地自限，多讓孩子接觸不同的書。畢竟，一本書能經過多年時間考驗，自有其道理。個人淺見，與您分享。」

唸童書，真的不必太嚴肅，要保持幽默感。畢竟這又不是學術論文或社會評論，不要有先入為主的主觀看法，跟孩子一起開心的笑一笑，有何不可呢？

親子共讀時，請強調大哥的名字「Tikki tikki tembo-no sa rembo-chari bari ruchi-pip peri pembo」，這可能需要稍微練習一下，但孩子們通常都很愛背誦這個怪名字！所以，唸個幾次以後，不如請孩子來唸出這個名字給您聽。

朗讀範例

來看看美國的皮影戲版，很用心的表演！
goo.gl/xaY94Q

> 🐻 **熊家私房玩法**
>
> ❶ 買本繞口令的書，讀幾則繞口令給孩子聽。等孩子識字之後，再讓他讀給您聽。
>
> ❷ 跟孩子談談老大、老二，或不論排行，每個孩子都一樣重要，爸媽不該偏心。當然，身為爸媽的更要隨時警惕自己對待孩子有無偏心。

BOOK
69

★★★★

《The Story about Ping》

文：Marjorie Flack　圖：Kurt Wiese

 故事大綱

Ping 是一隻生長在中國揚子江（長江下游）船上的鴨子。每天，船主人會讓鴨子家族到河畔覓食，傍晚時就叫牠們回到船上睡覺，最晚回來的要打屁股！有一天，Ping 太晚回來，但牠不想被打，所以就躲在草叢裡不敢上船，沒想到卻招來危險的命運……

 本書特色

一本早期用來介紹中國的英語繪本。不過，人物與背景的設定，比較像是在清末民初的時代。

這本書常被美國小學老師拿來當成認識中國的教材，不過內容其實早已過時了。但美國小孩還是會因這個繪本而給 Chinese People 建立起一些刻板印象：落後、愛吃、上吊的單眼皮……

　　記得以前小熊在美國唸小一時，某日是學校的 Open house day（類似台灣小學的校慶參觀日），我到小熊的教室參觀了很久。當我走到社會科學區，看到老師在桌子上放了好多竹籃子，分成美洲、非洲、歐洲、亞洲、大洋洲這幾個籃子，裡面放著來自該地區的東西。歐洲的籃子裡放了很多各國錢幣及歐洲的小紀念品。美洲的籃子裡當然也有不少

東西。老師說這些都是以前學生家長給的紀念品。

不過,我看到一個標著亞洲、空蕩蕩的籃子:裡面只有一雙舊筷子、一條褪色的小手帕,以及一本小書。老師看我們拿著筷子在發呆,有點不好意思的解釋那是她去吃中式自助餐拿來的舊筷子。還有,那本書也是她自己去買來的。因為她沒有什麼亞洲學生,所以留下的紀念品也不多。

我當下決定回家找些東西,來充實小熊老師的亞洲籃子!不過,由於當時已住美國好幾年了,早期帶來的紀念品有很多都已經送人了!只勉強找出一些物品:從外公來信剪下來的台灣郵票、一套名為《綺麗台灣》的風景明信片、中國結、數枚1元及10元的台幣銅板、紅包袋、一袋檀香、一雙竹筷,還有一張很大的台灣地圖及一本來自台灣的故事書!我們馬上拿這些東西給小熊的老師,她又驚又喜的說:「這真是太棒了!下次上課時,小熊可以向大家解釋台灣地圖,讓同學知道台灣在哪裡,好嗎?」小熊當時很驕傲的點點頭。這可是我與小熊幫台灣做的一次成功國民外交呢。

我衷心希望,台灣也能推出一部繪本,讓美國老師都愛用它來介紹台灣,而不是只能用這本《The Story about Ping》!

親子共讀時,請記得在 Ping 遇到危險時要用緊張的口吻。當牠終於回到家,即使被打屁股時,也要用很開心的語調來朗讀喔!

朗讀範例

優美的朗讀示範。
goo.gl/huWiVm

我送給老師的一些台灣紀念品。

🥢 **熊家私房玩法**

❶ 找出一些關於台灣風土民情的英語繪本,讓孩子更了解自己的土地。

❷ 去圖書館借一些關於鴨子的書,如鳥類圖鑑、《醜小鴨》……只要是能讓孩子了解鴨子長相、習性的故事,都好!

BOOK

70

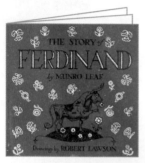

★★★★☆

《The Story of Ferdinand》

文：Munro Leaf　圖：Robert Lawson

 故事大綱

一隻與世無爭的西班牙公牛，竟然被誤會而成了鬥牛比賽的鬥牛！牠的溫吞本性讓牠撿回一命，因此可以回家繼續坐在樹下聞花香。

 本書特色

這是一部很經典的牛繪本，插畫都由黑白線條構成、沒有顏色，反而讓這本書有種獨特的吸引力。

東漢的崔瑗在〈座右銘〉裡這樣寫：「柔弱生之徒，老氏戒剛強。」本書主角 Ferdinand 可說是最佳寫照。

「柔弱生之徒，老氏戒剛強」，這段話的意思是：柔弱的人因為具有韌性，不容易被摧折，所以是適合生存的一類。老子認為，剛強者容易被折毀，反而不如柔弱者來得容易生存，因而以剛強為戒。

公牛 Ferdinand 從小個性就不毛躁，牠喜歡安靜、喜歡賞花，媽媽也讓牠自由發展。不過，卻因一隻蜜蜂的刺，讓抓狂的 Ferdinand 誤打誤撞的被選為「最兇惡的牛」，並因此被送進了鬥牛場。本來，牠的結局應該是慘死刀下，但是，牠與世無爭的個性卻讓自己撿回一命。這樣的情節

也與老子的說法不謀而合。足可見，東西方傳下來的人生智慧也是有共同之處的。

這也是讀英語繪本的魅力與好處之一吧！在閱讀過程中，孩子與家長都能夠對東西方的思想有著更多的了解與比較，然後再融會貫通，歸納出屬於自己的人生哲理跟處世通則。

好的繪本不只是幽默、好看而已，它能傳世的價值就在於小故事背後隱含的哲理。乍看無足輕重，體會之後才知道「小故事、大啟發」的可能性。

為孩子讀此書時，請注意語調的轉折、變化！每次 Ferdinand 出場時，都要用不慍不火的語氣表現出牠那一貫溫和的個性。但，當牠被蜜蜂叮到時，語氣可要變得急促、凶悍一些！

朗讀範例

由出版社錄製的 Penguin Storytime 影片，專業朗讀配上圖片的感覺超好！
goo.gl/nhtUqJ

Brightly Storytime 的示範。
reurl.cc/EpbklR

鼓勵孩子多讀書、多了解人生，就從小小繪本開始！

 熊家私房玩法

❶ 去圖書館借閱關於牛的書籍，讓孩子了解牛對人類的貢獻，以及牛奶的多種用途。

❷ 上 Google 搜尋西班牙鬥牛的傳統，並且了解西班牙在地球的哪個位置；也順便了解西班牙的傳統女性服飾與鬥牛士的服裝。

❸ 學學這本書的主角 Ferdinand，跟孩子一同在老樹下靜靜坐著賞花、觀雲。

★ ★ ★ ★ ★

《Officer Buckle and Gloria》

文／圖：Peggy Rathmann

 故事大綱

Buckle 警官常去學校跟孩子宣導校園安全守則，但台下的學生總是沒人在聽。當警犬 Gloria 跟隨在旁之後，他的演說開始大受歡迎！原來，Gloria 可是一隻很會演戲的天才狗！但是當 Buckle 警官發現真相時，他覺得自己超沒面子的……

 本書特色

天才狗狗＋脫線警察的絕妙搭配，孕育出這部超爆笑的繪本。

本書作者的另一本傑作，就是《Good Night, Gorilla》。兩本書都充滿了對動物的愛與想像力。《Good Night, Gorilla》裡面有隻會開鎖的聰明黑猩猩，本書則有隻會跟著警官講詞來表演默劇的神奇警犬 Gloria ！

書中有一條安全守則（safety tip）其實真的很重要，那就是：「不要站在有輪子的椅子上！」

我們家也會犯這個錯誤。有一次，我要拿書櫃上的書，因為找不到適當的椅子，就近拉了滑輪椅，踩上去，結果還真的因為不小心滑開而摔了下來！當時我就想到這本書：「唉，怎麼沒有記住 Officer Buckle 的告誡呢？」從此以後，書中的這條安全守則，也成了我家的安全守則嘍。

美國小學很注重 safety rules。除了會有警察去學校倡導，志工媽媽們也會到各班進行宣導。有幾次我也被老師邀請到小熊的班上講解一些 safety tips。美國小學的孩子真的很活潑。雖然我沒有聰明警犬相隨，但是，坐在台下的他們也沒有打瞌睡！而且，踴躍提問的還真不少！美式教育很鼓勵孩子多多發言。課堂上有互動就不無聊，這點很值得台灣教育界學習。

讀這本書的另一個樂趣，是看那些孩子寫給 Officer Buckle 的信。尤其是最後小女生 Clair 的星形紙條，寫著她有隨時戴安全帽，所以沒被掉下來的鐵鎚打到。這紙條也點醒了一件事：少了 Officer Buckle，警犬 Gloria 其實是無用的！這則故事處處充滿了創意、幽默與巧思，難怪會歷久不衰。

為孩子唸此書時，請一面一本正經的唸著 Officer Buckle 的安全守則，同時用滑稽的語氣小聲講解警犬 Gloria 在他後方做出哪些有趣的動作。戲劇性的反差，將使這故事更加生動、有趣！

朗讀範例

Mrs Morris 為大家朗讀示範。
reurl.cc/e6VqIW

企鵝出版社公開的影片，這位 Liz Shanks 女士的朗讀也十分吸引人。請從 1：50 開始聽。
goo.gl/zw7U12

我在美國小學進行宣導 safety rules 的情景。

🐻 熊家私房玩法

❶ 將書裡警官講過的那些 safety tips 向孩子解釋一遍。有些安全守則，也可以在家中實行。

❷ 也在自家的牆面貼些標語，讓孩子注意安全。或是貼一些座右銘，讓孩子知道人生的準則跟道理。

❸ 請孩子假扮警犬，由您當警官，用想像力表演一下書中主角上台的有趣狀況。

72

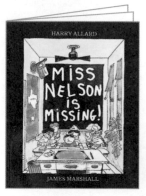

★★★★☆

《Miss Nelson Is Missing!》

文：Harry G. Allard Jr. 　圖：James Marshall

 故事大綱

Miss Nelson 是個超級好的好好老師，所以學生都不怕她，還常常在班上搗蛋！有一天，老師失蹤了，卻來了一位像巫婆般恐怖的 Viola Swamp 老師！全班孩子都變得好乖巧，他們好想念 Nelson 老師。終於有一天，Nelson 老師回來了！但是這當中其實有個祕密……

 本書特色

美式的黑色幽默，只要是上過學的孩子都會超愛的一本書。

美國小學生要比台灣的來得幸福，功課少但寒暑假很長！其實 Miss Nelson 這種狀況，在美國小學確實可能會出現，因為美國孩子的權益是很高的，家長的教育態度也很自由開放。

不過，根據我個人的經驗，我家小熊在美國受教育時，學到對人尊重的精神，反而要比在台灣的還要多。美國雖是民主社會，但是學校總是很強調要「尊重他人」！反倒是回到台灣後，小熊跟同學之間的難聽言語與肢體動作，都變得比較多了。我也寫過一篇 Facebook 文章：好友的孩子跟爸爸去美國住了 1 年，回台後我問他喜歡美國的同學還是台灣的同學？他說：「比較喜歡美國的，因為我在台灣的同學比較凶！」

　　不知為何，台灣人似乎很在意不夠凶就會吃虧，所以社會漸漸喪失溫柔敦厚的風氣。然而，「嗆人文化」在國中小學都很普及。是不是只有凶，才能解決問題呢？

　　這本書也這樣暗示我們：「**人善被人欺，馬善被人騎。**」天使般的 Nelson 老師罩不住，就換一個巫婆來管孩子。不過，書中沒說的是：在結尾時 Miss Nelson 回來了，孩子們變乖許多。但是，等到蜜月期過去，孩子們會不會又故態復萌呢？這誰也不敢保證吧！

　　為孩子朗讀時，要用邪惡的語氣來演繹 Viola Swamp 的台詞。而演到 Miss Nelson 的時候呢？當然是天使般的口吻了！

> 🍯 **熊家私房玩法**
>
> ❶ 書中的紙飛機很吸引人，跟孩子一起來摺摺紙飛機吧！這可是我外出沒帶玩具時，最常用來哄小孩的把戲呢！只要一張紙就 OK 嘍！不過您也要告訴孩子：可別在課堂上玩喔！
>
> ❷ 與孩子看看網路上《Miss Nelson Is Missing!》舞台劇的精采片段，除了可以跟著笑一笑以外，也許您們在家中也可以自導自演這齣戲喔！製做一個巫婆老師 Viola Swamp 的面具，來好好演一場吧！

朗讀範例

由 StoryTimeBookClub 分享的示範朗讀。
goo.gl/jhmlIF

來看看美國小學上課朗讀本書的精采片段，還有師生問答。
goo.gl/UdQjMd

來欣賞 Alissa Simmons 表演舞台劇的片段。
goo.gl/t5P0cb

★★★★★

《The Mitten》

文／圖：Jan Brett

📔 **故事大綱**

小男孩遺失的一隻手套，被許多怕冷的小動物發現了。大家都想擠進去，最後卻全被彈了出來！最後，小男孩失而復得這隻手套，卻發現它被撐得好大！

💡 **本書特色**

可以讓人認識各種動物的名稱，並且欣賞作者那好美好美的插畫！

本書是改編自烏克蘭的民間故事。作者 Jan Brett 畫過很多的知名作品，她的畫風精美細膩，動物表情栩栩如生！讓大人小孩看了都很想收藏。

當我在準備師大的繪本導讀課程中，曾發現了許多的珍貴影片，其中一些就是本書作者 Jan Brett 的錄影，她在 YouTube 上分享了好多如何畫畫的影片！如《How to draw a Gingerbread Baby》、《How to draw the Three Snow Bears》、《How to draw a Whale》等等關於繪畫的指引，再加上作者親切的笑容，讓也喜愛塗鴉的我真是如獲至寶！我把這些影片分享給同樣愛畫畫的老二小小熊，他也看得津津有味。

一位優秀的插畫家,除了努力做好作品之外,也樂於分享自己的作畫技巧。這大概也是 Jan Brett 的書總是熱銷、粉絲無數的理由吧!好作家,不寂寞。

有機會的話,您也可以加入 Jan Brett 的臉書粉絲專頁喔!會不時看到她本人的照片與最近參與的活動!

在美國的那段日子,每次下雪,孩子們玩過雪撬、打過雪仗後,我們就回家喝杯熱巧克力,然後一起共讀這本書;這本《The Mitten》,成了我家關於雪地的共同美好回憶。

玩雪之後,孩子們常會與我共讀這本有趣的雪地繪本。

朗讀範例

在 Online Storytime 頻道分享由作者本人朗讀的超棒影片,必看!
goo.gl/4VK1LW

也來看看美國兒童改編的輕快音樂劇。
goo.gl/9Cvq2U

來看這段作者專訪與好棒的繪畫經驗分享。
goo.gl/cK32cj

介紹作者的另一部作品《薑餅人》(Gingerbread Baby),以及如何畫它的影片《How to draw a Gingerbread Baby》!
goo.gl/ZBn1Di

🏓 **熊家私房玩法**

❶ 記憶遊戲:用牛皮紙袋貼上一個紙做的手套,然後用紙片一一剪出出現在故事裡的動物,讓孩子根據書中情節,將「動物」依順序放進牛皮紙袋裡。

❷ 也可以在寒暑假教孩子如何利用鉤針或棒針來編織一條小圍巾,就像書中奶奶為小男孩織出毛線手套一樣。

74

★★★★

《Blueberries for Sal》

文 / 圖： Robert McCloskey

 故事大綱

小男孩 Sal 跟著媽媽去野外摘藍莓，結果跟錯了媽媽，跟到一隻也來吃藍莓的熊媽媽！而熊媽媽的小熊也因為貪吃藍莓，而錯跟了 Sal 的媽媽！

 本書特色

由單色的線條畫構成，但是，單純的圖像反而讓故事更具張力。

藍莓（blueberries）這種水果，身為水果王國的台灣並不生產，但在 Costco 這種大賣場能夠買得到。記得我剛到美國學做杯子蛋糕（cupcake）時，藍莓是現成蛋糕粉很常見的口味配方！所以，我第一個做的杯子蛋糕就是藍莓口味的，到現在都很難忘。

記得我家木屋右手邊，有一戶年輕夫婦，養了 2 隻大狗，一開始搬進來時，狗叫得很吵人。但是男主人很年輕又親切，這家人漸漸與我們建立了好友誼，比如說，他們會拿石榴給小熊們分享，還來看我們家後院最美麗的紫丁香，並且要了一些分枝回去栽種。

有一天，那位男主人很開心的說：「現在是藍莓盛產的季節！」夫婦倆意外發現了野外有處可以採野生藍莓的地方，

於是想約我與小熊們母子 3 人一起去採。由於熊爸上班很忙不能陪伴，而大賣場的藍莓一盒才台幣 100 元左右；再加上人在異鄉、安全為上，我想還是謹慎一點好，於是婉拒了他們的邀請。

後來他們送了一些藍莓過來。小熊開心地吃著，我突然想到這本書……也許，我與小熊錯過了能跟 Sal 一起摘野生藍莓的第一次機會吧？人生本來就是有許多選擇，有時就是不能圓滿。還好，有這本書能讓小熊體會摘野藍莓的經驗。

為孩子朗讀時，請記得要好好表現出：當兩位媽媽發現自己孩子不見了、反而是別的族類跟著自己時，那種受到驚嚇的口氣。

朗讀範例

網友 Rachel Molly 媽媽自錄的影片。適時調整語尾語氣，會讓朗讀變得更生動喔。

goo.gl/HNSJwN

我與小熊在隔壁夫婦的門口前與他們的愛犬合照。

🥄 **熊家私房玩法**

❶ 帶孩子去大湖的果園採採草莓；或是發現有野生桑葚樹時，採些成熟的紫色桑葚回家打成果汁喝。像我住的社區就有一棵大的野生桑葚樹，每逢夏初，滿樹的纍纍果實卻沒人採摘，十分可惜。

❷ 在賣場看到新鮮藍莓時，買一盒給孩子吃吃看。藍莓的營養價值不錯，只是，台灣賣的要比美國貴些。偶爾吃吃，這樣的價格還可以接受。據說，藍莓是對保養頭髮、維持視力很好的食物之一喔。

★★★★☆

《Alexander and the Terrible, Horrible, No Good, Very Bad Day》

文：Judith Viorst　圖：Ray Cruz

 故事大綱

亞力山大（Alexander）有個倒楣的一天，諸事都不順他的意！吃早餐，麥片中沒獎品；搭車子，被安排到最爛的位置；畫畫被老師指責……。他心中有無限的沮喪與憤怒，該怎麼辦呢？

 本書特色

這是一本跟孩子討論「情緒管理」的好書。人總有倒楣的時候，更何況人生不如意事十常八九。所以，要正向思考，這才是解決之道！

有句英文諺語：「Even dog has his day!」（連狗都有幸運的一天），不過，這本書的小男孩 Alexander 卻有個事事都倒楣的一天。更有趣的是，每當他遇到這些事，最後的結論並不是如何去扭轉它們，而是想著：「我想我還是搬到澳洲去住好了！」

搬到澳洲就不會遇到倒楣事嗎？其實 Alexander 之所以諸事不順，可能是他自己運氣不好，但有些也是自己的問題。

例如：老師說喜歡同學畫的船，不喜歡他畫的「隱形城堡」。如果您是老師，畫圖課時學生什麼都沒畫，只說畫了隱形的東西，您可能也不會說自己很喜歡這張白紙吧！但 Alexander 卻沒有發現自己在態度跟行為上的問題，只是把問題歸因成「我的運氣超爛的」！如果一直用這種態度，只怕自己會一直倒楣下去。如果 Alexander 仍然不改變這樣的想法，只怕他會一直過著不如意的生活。

關於負面情緒的問題，這本書是很好的學習教材，這也是它在美國很受到學校老師重視的原因。透過這樣的故事，我們可以讓學生了解到：有時候，不順利確實是因為運氣差的關係；但，更多時候問題是出在自己身上。態度與性格，才是決定命運的關鍵！

不過，小孩子喜歡這本書是有另一個理由的：**看到別人整天都很倒楣的樣子，就覺得好好笑！**興災樂禍，也是孩子的另一個天性。

親子共讀時，請把 Alexander 衰到最高點的心情，用一種沮喪且有點忿忿不平的語氣唸出來。本書所選出的朗讀範例，是十分值得學習的典範，聲音超有梗！

朗讀範例

十分精采的朗讀版本，這位先生的聲音超有梗！
goo.gl/PHBxhv

美國小學一年級生拍攝的真人戲劇片，來欣賞這段美國小學生的可愛演出。旁白與書中原文相同。
goo.gl/wFwpNR

🪶 **熊家私房玩法**

❶ 跟孩子講講，遇到不好的事情時，要用樂觀幽默的態度來面對，不要總是想逃避或怨天尤人。

❷ 列出一個表格，看看 Alexander 一天裡總共遇到哪些倒楣事，哪些是可以改變的？哪些是笑一笑就可以忘記的？

❸ 找找關於澳洲生活的資料，看看是不是搬去那裡之後，就真的可以過著無憂無慮的日子呢？

★★★★

《Swimmy》
文 / 圖：Leo Lionni

故事大綱
一隻黑色小魚 Swimmy，牠的兄弟姊妹都是紅色的。牠游得很快，某日大魚來攻擊牠們，Swimmy 因為快速游泳而逃過一劫！但是，孤單的牠只好在大海裡遊蕩，直到遇見另一群跟牠一模一樣的小魚……。

本書特色
這是一本用版畫技巧製作的繪本，風格獨特，內容倡導的精神是「團結力量大」。面對生命的困境，要運用智慧去克服，不要坐以待斃或躲起來不願正視現實。

讀完《Swimmy》後，你可能會覺得這則故事似曾相識，因為電影《海底總動員》（Finding Nemo）最後也有類似的情節。為了逃離漁網，Nemo 要爸爸告訴大家一起用力往下游，終於，團結力量大，拉斷了拖網的支柱，全員逃離成功！

當然，小熊曾問我：小魚怎麼可能知道這種策略？牠們又怎麼知道自己要站在哪個位置才對？ 的確，在《Swimmy》與《Finding Nemo》裡形容小魚變成大魚的策略，其實還真的有呢！小魚群聚在一起游，看起來比較大，也比較不容易被攻擊。孩子們可以學習故事主角的這種精神，團結一致，眾

志成城，這才是本書的重點。

　　這本書也可以衍生出一些美勞作品（craft）喔！以前我在學校教孩子的時候，會用蔬菜雕刻出一條小魚的圖案，然後讓孩子沾印紅色的打印台，一塊塊的蓋章拼出一條大魚，眼睛再印一條黑色的小魚。就像這本書的故事結尾一樣：團結的小魚群可以變成一條大魚！

　　書中的水草，也是把蕾絲花邊塗上水彩，再轉印到卡紙上所構成的。學作者利用多種質感不同的媒材，再與孩子做一些有趣的轉印作品吧！

　　親子共讀時，要把大魚 2 次出來攻擊小魚的場面唸得驚心動魄一些；當 Swimmy 在海底優游欣賞風景時，就要唸得悠哉一些。

朗讀範例

Etsy.com 的 CEO Robert Kalin 獻聲朗讀示範，十分清晰好聽。
goo.gl/mmSQqU

來看看西方的皮影戲版本。
goo.gl/D01rBK

小孩子對水族館總有著許多的熱愛。

🥄 熊家私房玩法

❶ 利用紅蘿蔔或馬鈴薯等塊莖切半後形成的平面，刻上小魚的圖案，再塗上水彩，就可以做出類似本書刻印書的效果喔！

❷ 帶孩子去水族館認識小魚的名稱。或是花 1、2,000 元預算，請人幫忙布置一個小小水族箱，養些孔雀魚、日光燈魚等物美價廉又好養的小魚。

❸ 用卡紙剪出小魚的圖形，黏在筷子上，參考西方皮影戲版本的影片，來與孩子演出一場《Swimmy》劇場！

★★★★★

《I Stink!》

文：Kate McMullan　圖：Jim McMullan

 故事大綱

我是垃圾車，每天在晚上出現（其實，美國各地收垃圾的時間都不一樣），吃掉各式各樣的垃圾！要是沒有我，你們人類就會住在垃圾堆裡！所以，請不要小看我，也不要製造太多的垃圾喔！

 本書特色

一本可用來跟孩子解說垃圾車的工作，以及垃圾種類的「環保類讀物」，是美國小學老師必備的課外書！

在美國，許多人都住在 house，也就是獨門獨院有草坪的洋房，因為住戶分散，所以收垃圾也是一門學問。每戶人家會配給 2 個超大的塑膠桶子，桶子都快跟大人一樣高了！一個塑膠桶裝一般垃圾，另一個則是裝資源回收的專用桶。

每週有幾天，在固定時間內必須把垃圾桶拉出來、放在門口的街道上。兩個桶子排排站好，經過的垃圾車會用機器手臂舉起大桶子、把裡面的垃圾倒進車內。由於完全自動化了，清潔隊員也完全不必碰到髒垃圾。

至於廚餘，通常廚房裡有專門處理廚餘的機器將之絞碎、排入廢水系統。那麼，堆肥呢？很多美國人都喜歡 DIY 園藝（gardening），所以也常會自己在院子裡做些堆肥。

以前小熊在美國讀小學，學校對孩子們宣導垃圾減量的觀念時，常會提到這個很容易記住的「3R」口號。

1. reduce：盡量避免製造垃圾。例如，平常使用自備的餐具、而不用免洗餐具。

2. reuse：重複使用。例如，一次性的環保筷或塑膠湯匙，經過清洗之後，也許還可以再多用個幾次；而不是一次用完就馬上丟掉，造成浪費。

3. recycle：回收垃圾再利用。例如，寶特瓶在回收之後，有些材質還可變成衣服的纖維原料。

　　這本書提到，垃圾車「吃下」許多東西，有些其實都可以再回收利用。所以，這部繪本在美國也是推行環保教育時最常被人用到的明星教材。

　　回台灣定居後，飲食雖很方便，但每次與孩子去便利商店買頓午餐就發現要丟一堆垃圾！過年時，只要幾天沒收垃圾，就覺得家中製造了好多垃圾！所以，如何做好垃圾的回收，真的是很重要的環保課題。為了減少垃圾，現在我外出時都會自備環保杯、環保筷子與湯匙。能少拿全新的筷子叉子、就少拿一些。**要保護地球，我們要教育孩子從小處做起。垃圾減量，就是最基本的第一步！**

　　此書的共讀重點在於：朗讀者扮演垃圾車時，要用強而有力的語調，並且製造出一些垃圾車壓擠垃圾時的聲響喔！

朗讀範例

跟繪本畫風一樣酷的旁白、配音與配樂。幫大家維持環境清潔的垃圾車，好酷！
goo.gl/3inqDx

Mrs. V 的朗讀示範。
reurl.cc/qOKyAn

🏓 **熊家私房玩法**

❶ 請孩子陪你一起去倒垃圾，讓他親自體驗垃圾車發出的聲音與氣味。

❷ 告訴孩子：reduce（減量）、reuse（再利用）、recycle（分類回收）的垃圾環保觀念。

❸ 讓孩子了解如何做好垃圾分類，並努力減少製造垃圾。

★★★★

《The Relatives Came》

文：Cynthia Rylant　圖：Stephen Gammell

故事大綱

每年夏天，親戚都會開著車子，大老遠從維吉尼亞州開過來。車子上載滿食物，一大早出發，開了好久到達我家。大家開始擁抱再擁抱、並且開心的吃吃喝喝，然後就躺在房子地板上任意睡著。他們住了好幾個禮拜，吃了我家好多食物，也幫我家種菜、修理東西。最後，他們又一大早離開了，留下對彼此的想念。

本書特色

運用韻文來述說出遠方親戚來訪的快樂，以及大家族成員共處的樂趣。

───────────────

從小，我家並沒有很多親戚，只是偶爾回南部看看外婆，而且印象很淺薄了。直到我出嫁後，夫家時常有家庭聚會，公婆與大姑都對我跟孩子很好，我才有了「原來，這就是有許多親戚」的溫馨感受！

本書在美國很受到重視，這是因為書中提到的長途跨洲旅行也是美國人常做的事。家族聚會的歡樂，也是美國人所注重的價值。我在美國中西部居住時，發現當地人十分純樸、宗教信仰堅定，所以也十分重視家庭。

有一年在美國過感恩節，外子返台辦事之後，突然不准返

美。因為當時正好是 911 事件過後，安全檢查愈來愈嚴格！而熊爸是研究病毒的，所以返美要被進行很久的背景調查。眼見我們母子只能孤單過節，且更糟的是前途未卜，還不知道一家之主是否真的還能再回到美國。

對門的鄰居 J 太太知道了這個狀況，便熱情邀請我與孩子回她娘家過節。只見他們的親戚群聚一堂，大家互相擁抱、互相祝福。而且，他們連我家的狀況也放入感恩節的祈禱詞之中！眾人衷心祝福我們全家能早日團聚，這點讓我十分感動。

每次看到這本書，總會讓我想到那次的溫馨感恩節。

為孩子朗讀此書時，雖然親人團聚的場面會很混亂，但是家人之間的愛，請記得要用愉悅的口氣表現出來。

朗讀範例

這位男士無論在音調、語氣或停頓等方面的朗讀節奏都拿捏得很好！
goo.gl/XL0OTf

請欣賞 Grandma Annii's Storytime 頻道裡這位安妮奶奶的優美朗讀。
goo.gl/CgUIda

小熊們當年受邀在感恩節參加鄰居太太的家族聚會。

這聚會其實應該是鄰居親戚重聚的場合。但是，他們也為了我家的團聚而禱告。這份善意，溫暖了我們的心。

🏓 **熊家私房玩法**

❶ 如果家族很久沒有聚會，或是家族旅行好久沒辦了，請試著與孩子規劃一次，讓孩子體驗與親人相聚的快樂。

❷ 學書中的遠方親戚，在車上裝滿許多食物，來趟長途開車的探親之旅！

❸ 書裡總是提到那成熟的紫色葡萄──帶孩子去參觀葡萄園，讓孩子知道葡萄的成長過程。

BOOK

79

★★★★★

《Madeline》
文 / 圖：Ludwig Bemelmans

 故事大綱
一個住在巴黎修道院學校的小女孩瑪德琳（Madeline），個性勇敢又活潑。有一天她生病了，被送到醫院、割掉了盲腸。同學來探望瑪德琳，發現她有許多好吃又好玩的慰問品。結果大家回校後，都在半夜哭了：「我們也要割盲腸啦！」

 本書特色
唸謠般的押韻用詞，讓故事讀起來十分生動有趣。

這本書可算是繪本界經典之作！看畫風就知道，簡樸平實的筆觸，絕不可能是用電腦軟體畫出來的，但這種手繪風格，反而吸引了許多讀者的喜愛。

本書提到的闌尾炎，俗稱盲腸炎，要留意以下症狀：「初期痛的位置可以是上腹、下腹或肚臍周圍，接著會食欲不振、噁心嘔吐。在發作數小時之後，疼痛感會慢慢移至右下腹，用手按下彈起時痛楚加劇。此外，亦可能出現發燒、嘔吐、便祕或腹瀉等症狀。」

Madeline 的故事很受小女生歡迎，尤其是她們穿的制服幾乎成為本書的代表圖騰：黃色圓帽子、海軍套裝！記得以前我在美國萬聖節時，常看到街上許多小女孩會做此打扮。

記得在美國時，某位好友邀請我去看女兒的舞蹈發表會。那是在古老的教會舉行，小女孩們每一支舞的服裝都爭奇鬥豔，讓沒有女兒的我羨慕不已。其中有一首舞曲，還沒放音樂我就知道是 Madeline——因為，每位小舞者都穿著黃色圓帽子、海軍色的套裝上場！同時間，家長的閃光燈此起彼落。看得出來 Madeline 這個繪本人物也大受美國家長的喜愛！

由於 Madeline 太受歡迎了，後來又推出一系列的繪本，也被改編成卡通動畫；此外，1998 年，這個故事還翻拍成同名的真人電影《Madeline》！

我以前在美國開車時，常會播放《Madeline's Favorite Songs》，小熊在 3、4 歲就聽過了無數次，後來在圖書館找到卡通之後，他馬上把歌曲與情境聯結起來，如：《Have You Learned Your Lesson?》是描述西班牙大使的兒子佩皮多欺負動物，終於遭到報應的歌曲。小熊因為看過書、又有卡通加持，很快這些歌就都琅琅上口了！所以，孩子學語文，最好要從會聽歌、會唱歌開始。

為孩子朗讀時，您可以參考朗讀範例與英語卡通，用帶有一點法國腔的聲音來唸這本書，讓故事更有異國風味。

朗讀範例

Brightly Storytime 的朗讀示範。
reurl.cc/zMK0RQ

另一本系列，耶誕節的故事。
reurl.cc/k78mY3

🏓 熊家私房玩法

❶ 告訴孩子，盲腸炎會有哪些症狀？闌尾又有什麼功用？

❷ 帶孩子上網看看巴黎的風景。那是一個美麗的花之都，有機會一定要親自造訪！

Chapter 4 成長類繪本，幫孩子建構思考能力

在這一章只列入 12 本書，但它們比起第三章的難度與單字量都更複雜；甚至於有些書的內容，也很值得國小高年級或國中生一讀。這是因為，我在這裡推薦給大家的繪本，有些已跳脫出單純的幽默、逗趣的窠臼，進入了對人性更深層的探討。

本章有好幾本的主題都與霸凌有關。《Chrysanthemum》，談的是一隻小老鼠因為名字太長而被同學嘲笑的故事。《You Are Special》講的是長得很難看又毫無長處的木頭人被其他同伴排擠、霸凌，在最後重新找回自信的故事。《Thank you, Mr. Falker》，則是在美國很有名的小學教材，是作者本身的自傳性作品，討論閱讀障礙跟校園霸凌的嚴肅議題。

當孩子日漸長大，他們也要開始了解：這世界並不完美，前途並非一片坦途。有許多事情都會讓我們在成長之路跌倒或者獲得教訓。我們若只想隨波逐流，反而會迷失真我，如《A Bad Case of Stripes》裡描寫的變色龍小女孩一樣。如果我們永不放棄尋夢，最後就會找到自我的真實價值、安身立命之所，就像《Mike Mulligan and His Steam Shovel》書中那個老舊、過時的蒸汽挖土機！

人生中，也有許多值得珍惜的風景。例如《Millions of Cats》裡面，原本不起眼的小貓，經過愛的滋養之後，變成老夫婦心目中最想要的小貓。《My Rotten Redheaded Older Brother》談的是兄妹間互看不順眼、老是比來比去的故事，但他們到最後才理解血濃於水的道理：在危難時彼此扶持的，還是自己的手足！

本章的適讀年齡可以延伸到國中階段。所以，如果孩子現在聽不懂（可能連家長讀起來也都覺得有些難度），沒關係！因為要理解這些內容，也需要人生經驗去輔助。這章的書將來可以時時拿出來重看。這也表示：這章有許多本是值得收藏的好書喔！

BOOK
80

★★★★★

《Chrysanthemum》

文／圖：Kevin Henkes

故事大綱

小老鼠 Chrysanthemum 很喜歡自己的名字，因為爸媽告訴她：那是最完美的名字！但這從她上學的第一天起，一切都改觀了！大家嘲笑她的名字，因為字母太多，而且；這個落落長的名詞還是菊花的名稱。這種嘲笑天天不斷，讓 Chrysanthemum 開始不愛上學、更討厭她自己的名字。直到有一天，學校來了一位好棒的音樂老師，她告訴大家自己的名字也很長，是以水仙花為名，Chrysanthemum 從此恢復了自信。

本書特色

探討自我形象與校園語言霸凌的經典繪本。

孩子上學後，校園霸凌事件也開始成為一種隱憂。但是孩子該如何保護自己呢？因為，想要不受到別的孩子語言侵犯，這件事看起來很容易、做起來卻很難。

記得小熊以前在美國就讀的那所小學，校訓第一條就是「尊重他人」（respect others）；台灣小學的校訓，強調的美德多半是勤勞、謙虛、誠實、努力向上等個人修養的層面。其實，民主的基礎在於守法與尊重他人，在我們教導孩子如何面對霸凌問題的同時，也要讓孩子學會不要去故意或無意的用言語霸凌別人，後者尤其是一個很值得重視的問題。

這本書提到很多學校場景，讓孩子很容易有共鳴，因此想一聽再聽。作者用類似漫畫方式的插畫表現，提高了孩子們的接受度；也把原本嚴肅的霸凌議題變得很有幽默感。全書收尾更是神來之筆！不愧是一本無限巧思的佳作。

說到校園霸凌，我家小熊在美國參加棒球隊的時候也遇過。當時他才 4 歲，自己被欺負了，別說是當場反擊，就連要跟大人反應也不曉得。有次他參加比賽，在休息區被 6 歲的大哥哥用很硬的棒球攻擊私處。因為很痛，上場跑壘時一跳一跳的，還被大家嘲笑！沒有人知道實情。直到小熊回家後，我發現他內褲有血跡；追問原因，這事情才曝光。經過我敦請教練加強約束，這種大欺小的風氣才獲得改善。

霸凌，在東西方都有。**通常愈弱小的、內向的孩子，愈容易成為目標。說真的，家長一定要時時關心孩子的狀況，別讓他們成為長期受害者卻還不自知。**

為孩子讀本書時，請注意把 Chrysanthemum 本來很喜歡自己的自信心情，跟後來開始懷疑自己的轉折，用對比的語調表現出來。當然，結尾的語氣也是充滿自信、開朗的。

朗讀範例

這位幼教老師分享的清晰朗讀，還仔細介紹了 chrysanthemum 與 daisy 的不同。
goo.gl/PQR3kG

由出版商公開的珍貴影片，專訪作者 Kevin Henkes 談談他如何踏入兒童繪本的創作世界。
goo.gl/1xSOXm

另一個不錯的朗讀示範。
goo.gl/iUx9Aw

🐻 **熊家私房玩法**

❶ 繪本裡那隻小老鼠的名字「Chrysanthemum」，指的正是東亞那種外形多變的菊花。在西方，有些人名也源自花朵或植物，而有些花朵或植物的名稱則很有趣。請試著與孩子一起找出英語中有趣的花朵名稱。

❷ 討論哪些常被人當做名字的花卉名稱。比如 Daisy、Rose、Lily 就是女性很常用的名字。

❸ 也讓孩子喜歡自己的名字！與孩子談談他的名字帶有怎樣的涵義？以及幫他取名的由來。

❹ 提醒孩子要尊重同學、同儕，不要拿別人的身材或姓名來開玩笑！

81

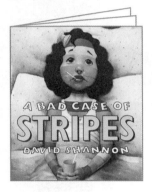

★★★★

《A Bad Case of Stripes》

文／圖：David Shannon

故事大綱

一個小女孩太在意別人的看法了。有一天，她突然發覺身上布滿像彩虹般的條紋，只要別人說些什麼，這些條紋就跟著變色、甚至會變形狀……。她要怎樣做才能變回原來的樣子呢？

本書特色

不要太在意別人的看法。做自己、活出自己的本色（true color）才是最重要的！

本書中的女主角卡蜜拉，很喜歡吃大大的皇帝豆（lima bean），但是同學都不愛吃，為了討好他人，所以她也從來不在同學面前吃它。由於她一直都太在意別人看法，結果，別人把她叫成什麼，她就像變色龍一樣，跟著變、變、變。

錢鍾書的夫人，也是知名的作家、戲劇家與翻譯家楊絳，曾在自己的百歲感言中寫道：

「我們曾如此渴望命運的波瀾，到最後才發現：**人生最曼妙的風景，竟是內心的淡定與從容**……我們曾如此期盼外界的認可，到最後才知道：**世界是自己的，與他人毫無關係。**」

也許孩子還不懂上面這段話的境界，但我們可以開始慢慢

的向他解釋。遲早有一天，孩子也會了解：勇於做自己、說自己內心的話，是件最棒的事！

我常用梭羅的這段話鼓勵小熊們：「如果一個人的步調和他的同伴不一樣，那是因為他聽到的鼓聲不同。且讓他按照他所聽到的音樂節奏前進吧！」坦白說，我在青少年時期也曾十分在意別人怎麼看我。要是朋友對我有意見，即使意見未必正確，我都要暗自苦惱好久好久；直到長大成人才體會出「不必去討好所有朋友」的道理。**大家互相尊重、相互欣賞就好**。若有意見不合也是很好的事。這世界本來就是多元的，怎麼可能只有一種聲音、一種顏色呢？若為了要隨時迎合周遭的人而當個變色龍，這活得太辛苦了！就像本書的卡蜜拉一樣。

這故事的結尾很妙，一個老婆婆來看她，並用皇帝豆治好了卡蜜拉的病。其實，這個病只要自己勇敢說出「其實我很愛吃皇帝豆！」這句話就能治好了。卡蜜拉最後終於**因為表達了自己的想法、勇於說出心聲，才能恢復正常**。

為孩子朗讀此書時，請唸出小女孩卡蜜拉變成不同顏色時的她跟她父母內心的焦慮；還有，在最後她終於勇敢說出內心話時，要用愉快語調唸出來豁然開朗的結局喔！

朗讀範例

StorylineOnline 又帶來 Sean Astin 的精采朗讀，影片精美、點閱率極高！請勿錯過。
goo.gl/K1y2Mo

由一位小女生朗讀的版本，瞧，她的表情跟語氣多豐富！
goo.gl/bldDO7

也來欣賞一下美國小學生的班級戲劇表演。
goo.gl/cqj6Jx

熊家私房玩法

❶ 告訴孩子：不要太在意別人對你的看法。有時候，我們要有與眾不同的勇氣！

❷ 有機會做人體彩繪時，您們也可以根據本書女主角的形像，畫一張知名的彩虹臉。

BOOK

82

★★★★☆

《Mike Mulligan and His Steam Shovel》

文／圖：Virginia Lee Burton

 故事大綱

一個快被淘汰的蒸汽怪手（挖土機），為了自己的命運，跟主人承接了幫小鎮行政中心挖地基的重任。它雖然外表老舊，卻表現得如此優異，讓小鎮的人都十分讚嘆。但是，它最後卻忘了要留一條路讓自己從地基裡爬出來。有個孩子想到一個完美的辦法：挖土機從此就放在這棟建築物的地下室，讓大家來參觀。

 本書特色

有點上年紀的老書，但這故事卻是鼓舞孩子永不放棄自己的最佳教材！

這是一本在 1939 年就誕生的老繪本。它在台灣可能沒什麼名氣，但在美國卻很受重視，很多中老年人在童年都曾讀過它、且長大成人後仍很喜歡這個故事。

書中故事告訴孩子：如何去努力追求自己的幸福、活出自我的尊嚴——尤其是當眾人都不相信你的時候！

人都會變老，但不表示都該被淘汰。在台灣，仍有許多銀髮族在商場、科技界活躍著。只要努力運用智慧與長處，人

不論活到哪種年紀，都可以展現自己的價值。

這本書也可以教導孩子：「機會是要自己去爭取的！」當你到處都吃閉門羹的時候，要堅信山不轉路轉。此時要更努力去尋找自己可以嘗試的機會，千萬不要覺得臉皮薄、不好意思！只要肯努力、累積實力，誠意也可以感動他人。

在美國居住過多年，我發覺美國人在某種程度是比台灣人更念舊的，比如說：VHS（錄影帶）、tape（錄音帶）這些東西在台灣早已被淘汰，很多台灣小朋友也從未看過；但是在美國，還是有人繼續使用，大賣場也還可以買到這種空白帶，連圖書館都還有 VHS 及 tape 的有聲品繼續提供讀者借出。反觀台灣，正因為流行的腳步太快，很多東西都消失不見了！

本書提及的蒸汽式挖土機，是 19 世紀的產物，直到 20 世紀初才被淘汰。離這則故事的發生背景大概也有 2、30 年了。所以說，這故事最後讓古董級怪手被保存在小鎮行政中心大樓的地下室裡，這樣的情節發展，應該也跟美國人在某種程度很念舊的心態有關吧！

記得在朗讀時，在蒸汽挖土機神奇又快速的挖出地基那一段，要用快速而堅定的語氣表現出來。最後，也要很愉快的唸出皆大歡喜的完美結局！

朗讀範例

Read To My Children
的精采朗讀。
reurl.cc/rQKpGO

可以看看這部從繪本改編的動畫，影片總長 25 分鐘。
goo.gl/SrxGda

🐻 **熊家私房玩法**

❶ 有機會的話，可帶孩子到建築工地周遭，看看房子的地基是如何打出來的。

❷ 許多男孩很喜歡看工程車的運作，有機會讓他們可以仔細觀察挖土機、水泥攪拌車的運作。父母只要在一旁陪伴、確保安全即可。

❸ 若您家的孩子也很喜歡工程車，我也推薦您們可親子共賞這部卡通影片《建築師巴布》（Bob the Builder）。爸媽若有心，還可以向孩子解說片中出現的不同車子，其功用跟中英文名稱。

BOOK

83

★★★☆

《The Night I Followed the Dog》

文／圖：Nina Laden

 故事大綱

我有一隻愛睡覺、普通到不行的狗。某天晚上我發現牠坐著高級大轎車、穿著白西裝回家！到底牠每天晚上都在做什麼？我很好奇的跟去看看，發現牠竟然走進一家專給狗狗去的夜總會，而這個夜總會的老闆……竟然就是我的狗！

 本書特色

一本愛狗人士會喜歡的繪本。擬人化的故事，充滿了諷刺與趣味。

不要小看了狗，狗也有自己想做的事。甚至，牠也會開夜總會！

我們總是自傲人類是萬物之靈，但如果有一天自己的優越感被顛覆時，您會有什麼看法呢？這本書就是一本讓孩子反向思考的書。

書中主角認為他家的那隻狗又笨又懶且一天到晚都在睡覺，簡直一無是處！沒想到，某次悄悄跟蹤牠，才發現自家的笨狗竟然是夜總會的大老闆！而且，到了狗狗夜總會之後，這才知道狗狗原來也需要發洩情緒！牠們常在深夜到狗狗夜總會，盡情的啃皮鞋、好好的 relax 一番，才不是你以為的「狗只會待在家裡等你帶牠去散步」的傻樣子哩！

說到養狗，不妨談談我家的例子吧！我家孩子是很喜歡狗的，但我不准他們養。即使以前在美國的小木屋有很大的院子，我們也不養狗。因為，我家前後左右的鄰居都有養狗，老實說，真的好吵！至於回台灣不養狗的理由，則是因為沒有大院子讓牠跑跳。我認為，只能被圈養在小陽台裡，這很不「狗」道。當然，如果在室內養的狗，能每天定時帶出去溜達，情況會好些。也曾為此測試小熊們，讓他們先養養黃金鼠，如果表現出盡責的態度，就可以進而養狗！結果呢？果然是三分鐘熱度！到了最後，照顧寵物的工作都落到媽媽頭上了。既然如此，我家孩子當然是不會看到自己的狗狗開夜總會的那一天嘍！

我家老三迷你熊尤其愛狗，他開口會說的第一句話就是：「狗狗！」不過，他接下來把所有的事物也都概化為狗了。見到貓也喊：「狗狗！」看到白鷺鷥也喊：「狗狗！」最後，家中 2 位哥哥也變成「狗狗」了。當哥哥們被這位口齒不清的小弟喊錯稱謂時，臉上表情還真是妙不可言啊！

親子共讀這本書時，記得要掌握一個重點：當小男孩發現自己的狗並不是普通人物、還跟其他狗狗大方介紹自己的事業時，敘述語氣要呈現那種「前尊後卑」的有趣對比喔！

朗讀範例

由知名女演員亞曼達・拜恩斯（Amanda Bynes）的朗讀版本。
goo.gl/et6X6O

🌰 **熊家私房玩法**

❶ 跟孩子談談，夜總會是個怎樣的地方。

❷ 借一本狗圖鑑，了解牠們的原產地、特性，與外表特徵。 帶孩子到寵物店，看看不同品種的狗。

❸ 如果環境許可，讓孩子養一隻狗。狗的壽命有限，雖然終會有離別的時刻，但是也能藉此讓孩子懂得生命珍貴的意義。

BOOK
84

★★★★★

《Strega Nona》

文／圖：Tomie dePaola

 故事大綱

Strega Nona 的意思是「巫婆奶奶」。書中的這位奶奶很會看病、治療失戀或其他疑難雜症。傻大個 Big Anthony 當上奶奶的助手後，發現奶奶有個神奇的鍋子，可以憑空煮出麵條。Big Anthony 趁奶奶不在家時，向村民炫耀他可以餵飽所有人，可是他卻還沒有學會停止煮麵的咒語……這下子，全村麵滿為患！還好奶奶及時趕回來，解決了大難題。

 本書特色

漫畫般的故事畫面、幽默爆笑的情節，讓本書成為繪本界很受歡迎的讀本長青樹！

此書作者 Tomie dePaola 並非工筆派的畫家，但是，他創作的故事卻都有著特殊的魅力。比如說，另一部作品《奧力佛是個娘娘腔》（Oliver Button Is a Sissy），在美國的小學裡是一本很重要的性別教育教材。講述一個女性化、喜歡跳踢踏舞的男生經常被人嘲笑；但是，當他在才藝發表會裡表演踢踏舞，從此一鳴驚人，讓同儕改變了對他的印象。

這本《Strega Nona》可算是作者的代表作，也是最被讀者們津津樂道的繪本。故事描述有位巫婆奶奶雇用了傻大個的助手 Big Anthony。沒想到，Big Anthony 偷學巫術，還只學了一招半式，最後竟釀成災禍！但，結局也很有趣。因為，

巫婆奶奶發現後,她並沒有很生氣,而是平靜的掏出湯匙,要Big Anthony把他闖禍而製造出來的大量麵條全都吃光光。當我們在結尾的那一頁看到Big Anthony撐著大肚皮的場景,都忍不住要莞爾一笑。真是應了老話「歡喜做,甘願受」,自己造的業自己擔,這大概是本書的教育意義所在吧!

小熊曾經問我:那鍋子煮出來的都是白麵,不加菜或鹽調味,豈不是比陽春麵更無味嗎?我們可不可以換個魔法,煮點有料的炸醬麵或白湯拉麵呢?孩子真可愛,聽了這些故事之後,都會努力去思考那些大人不曾去想的問題。這也是讀繪本可以培養思考力的一種證明吧!

共讀此書時,請記得,朗讀 Strega Nona 的角色時,要用老婆婆那種老邁的口吻;飾演 Big Anthony 的時候,則要用含混拖拉的語調來詮釋這位迷迷糊糊的傻大個。孩子聽了,保證喜愛!

> 🏓 **熊家私房玩法**
>
> ❶ 來認識麵條吧!可以在自家廚房跟孩子一起煮煮義大利麵或台灣人常吃的家常麵等中式的麵條,教孩子基本的煮麵過程,並了解不同麵條的特性。
>
> ❷ 跟孩子談談做人該有誠信的道理。書中的傻大個 Big Anthony 既然答應巫婆奶奶不能碰鍋子,就不該去碰它。不守信用、不守規矩的後果,就要自己來承擔。

朗讀範例

請一定要聽聽 NOOK Online Storytime 朗讀的專業版本!
goo.gl/zTJ4Vc

喜歡巫婆奶奶嗎?來看看這齣偶戲,作者 Tomie dePaola 與偶戲。
goo.gl/Fw0iwx

再看看巫婆奶奶在感冒後,與傻大個 Big Anthony 的對話。
goo.gl/cM4yGo

作者 Tomie dePaola 的專訪,聽他談論如何做出好繪本。
goo.gl/B6HQW3

BOOK

85

★★★★☆

《Millions of Cats》

文 / 圖：Wanda Gag

 故事大綱

老婆婆想養隻貓，老公公出門去找。他到了一個全是貓的山丘，不知該選哪一隻，最後決定統統帶回家！老婆婆看到一堆貓，嚇了一大跳，不知如何才好。最後，貓兒們為了比出誰是最漂亮的而開始互相殘殺，老公公和老婆婆嚇得躲回屋裡。等一切平靜後，只剩下一隻最不起眼的小貓。沒想到，這才是他們所想要的貓。

 本書特色

也是一本超級老的經典童書，故事在探討知足與幸福。

這本書的涵義是什麼呢？且讓我先講另一則我個人很喜歡的故事，也許內容未必真實，卻很有意義。

有一天，柏拉圖問蘇格拉底：「什麼是愛情？」蘇格拉底就叫他先到麥田裡去摘取一把最大、最金黃的麥穗來。而且，過程當中只允許摘一次，只能往前走、不能回頭。結果，柏拉圖到了最後卻是兩手空空的走出了田地。

蘇格拉底問他為什麼摘不到最大、最金黃的麥穗呢？柏拉圖說：因為只能摘一次，不能走回頭路，其間即使見到很大、很金黃的，因為不知道前面是否還有更好的，所以就沒摘了。可是，當我走到前面時，又發覺眼前的總不如剛剛見到的。原來，最大、最金黃的麥穗我早已經錯過了，於是就什麼也沒摘。

蘇格拉底意味深長的說：「這就是愛情。」

又有一天，柏拉圖問蘇格拉底：「婚姻是什麼？」蘇格拉底就叫他到樹林裡砍下一棵最適合放在家裡的樹。而且，也同樣要求只能砍一次，只能往前走、不能回頭。柏拉圖這次帶回一棵普普通通，看上去不是很茂盛，但也不太差的樹回來。

蘇格拉底問：你怎麼帶回這麼一棵普通的樹回來？柏拉圖回答：因為有了上一次的經驗，當我走到一半卻還是兩手空空時，我看到了這棵樹，覺得不算太差，便砍下來。以免錯過了，到最後又是什麼也沒帶出來。

蘇格拉底又意味深長的說：「這就是婚姻！」

還有一天，柏拉圖問蘇格拉底：「什麼是幸福？」蘇格拉底就叫他到園子裡去摘一朵最美的花；其間只能摘一次，只可以向前走、不能回頭。柏拉圖這次帶回一朵有點普通但還算美麗的花回來，蘇格拉底問他為何選這一朵。柏拉圖說：我找到一朵很美的花，但是在繼續走的過程中發現有更美的花，但是我沒有動搖，也沒有後悔，堅持認為自己的花是最美的。事實證明這朵花至少在我眼裡是最美的。

蘇格拉底最後笑著說：「這就是幸福！」

本書最後留下來那隻最不起眼的小貓咪，卻是老夫婦的最佳選擇。這故事告訴我們：**幸福可能很不起眼，但要能用心去體會、去發現，並且懂得珍惜，這才是真正的幸福。**

親子共讀時，記得唸出老公公發現貓山丘的那種驚喜，以及他不知該選哪隻貓的猶豫心情。最後，貓兒們打群架的緊張氣氛也是要強調的重點。

朗讀範例

來聽聽男聲的優美朗讀。
goo.gl/KDGnYD

來看看這位可愛小女生怎麼介紹這本書的。
goo.gl/LfaH79

🏓 熊家私房玩法

❶ 家有喜歡貓咪的孩子，可以去找一本貓咪圖鑑，教他認識各種貓的模樣與習性。

❷ 帶孩子到寵物店去看看實際的貓咪。不過，千萬別輕易答應孩子養貓。這得等他們學會照顧寵物、有責任感之後再去做。

BOOK

86

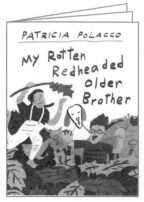

★★★★

《My Rotten Redheaded Older Brother》

文／圖：Patricia Polacco

 故事大綱

我有一個紅頭髮、嘴巴壞的哥哥。他什麼都贏我，讓我很不服氣。有一天，我終於找到可以贏哥哥的事情了！但那卻是一場災難，而哥哥救了我……

 本書特色

此書也是這章 BOOK 91《Thank you, Mr. Falker》同一位作者的精采傑作。書中討論了手足競爭的議題，文字洗鍊，故事生動又有趣。

這本書真的很適合給常在家裡爭吵的兄妹或姊弟來讀一讀。

　　有人告訴我，同性別的手足（兄弟檔或姊妹檔）比較能夠玩得融洽，但是異性別的兄妹檔或姊弟檔就有得吵了！雖然我不知道以上論調有無科學根據，但我自己小時候是跟哥哥們一起長大的，老實說，常起口角，甚至也有打起來的時候！小時候的我也曾幻想把哥哥好好飽以老拳的時刻。當然，這永遠做不到，所以只是幻想。所以，**我很能體會這本書裡面那位小女孩的心聲，因為我永遠比不上哥哥！**

長大懂事以後，才發現自己很幼稚，哥哥們其實常常幫助我。懂得感恩之後，就不像小時候老是吵吵鬧鬧了！能當手足，是個很難得的緣分。**血濃於水，親情永遠是無法替代的牽掛。**

當親子共讀這本書的時候，請將兄妹倆鬥嘴的對白，還有，小女孩想打敗哥哥的那種渴望，都要用很有戲劇性的聲調朗讀出來喔。

朗讀範例

又一個 StorylineOnline 的精采朗讀！由女演員梅麗莎・吉爾伯特（Melissa Gilbert）朗讀的版本。一人分飾多角的聲音很有戲劇張力。

goo.gl/pCX9tF

> 雖然手足之間經常打打鬧鬧，但也是難得的人生伴侶。

🏓 熊家私房玩法

❶ 用這本書為例，來告訴孩子：兄弟姊妹本來就是各有所長，所以不要一直比較或針鋒相對，要懂得欣賞對方的優點。

❷ 當手足爭吵時，我會讓他們用瞪眼比賽來做為和解工具。兩人互瞪，看誰先笑出來誰就輸了；然後再好好的彼此擁抱一下，別再爭吵了。

❸ 手足吵架不管再怎麼吵，都不可以動手打人──這點是絕對要禁止的！告訴孩子，有緣分當手足，是值得好好珍惜的一件事；能一起陪伴長大，多不寂寞！

BOOK

87

★★★☆

《Owl at Home》

文/圖：Arnold Lobel

 故事大綱

在冬天時，貓頭鷹邀請 Winter 到家裡來暖一下身。但是 Winter 卻把他家弄得亂七八糟！最後，貓頭鷹決定把 Winter 送走。

 本書特色

Arnold Lobel 的故事多半是短短的，一本書通常會由好幾段寓言般的小故事串聯起來；再配上他那畫風獨特的插畫，給孩子淡淡的、有趣的感受。

美國童書大師 Arnold Lobel 曾榮獲 1981 年的凱迪克大獎、美國圖書館協會童書獎。他是一位能寫又能畫的知名美國童書作家。最膾炙人口的作品有：《Frog and Toad》（青蛙和蟾蜍）系列 與《Mouse Soup》（老鼠湯）。

在台灣 Arnold Lobel 最知名的故事其實是《Frog and Toad》系列，許多英文書店都會賣套書，以便讓家長給孩子欣賞、同時學英語。這套書的清單如下：

1. 《Frog and Toad are Friends》（1970）
2. 《Frog and Toad Together》（1972）
3. 《Frog and Toad All Year》（1976）
4. 《Days with Frog and Toad》（1979）

我之所以在本書選入貓頭鷹的故事，主要是因為青蛙與蟾蜍的系列已經相當知名了，但是這本《Owl at Home》也是十分可愛、值得一讀的小品。此外，我家孩子對於鳥類的興趣，似乎要比蛙類來得高些。像是 2 歲的迷你熊，他就比較偏愛聽媽媽朗讀這本，遠勝於《青蛙和蟾蜍》。不論如何，Arnold Lobel 的作品都是學習英文很好的入門書。畫風也許不算華麗，但也有純樸、幽默的魅力。

使用本書時，我會搭配幼福文化出版的《圖解鳥類小百科》來為孩子補充鳥類相關的知識。2 歲的迷你熊非常接受這樣的做法，也很喜歡看這種編印精美的圖鑑。

事實上，台灣有很便宜又很棒的兒童百科圖鑑。像是幼福、世一、人類文化這三家出版的，每本售價還不到 200 元。但是，這樣的書對學齡前的兒童卻十分有吸引力！像世一推出的《我是知識王》系列小百科，書裡面還會附上物品或動物的英文名稱，讓讀者對照。這樣的編排設計，對於孩子認識英文單字來說，可真是一大助力！在此一併推薦給有興趣的家長們。

朗讀範例

光聽聲音就很有畫面的朗讀範例。
goo.gl/HMqwn1

《Owl and the Moon》，是《Owl at Home》這本書裡的其中一則短篇故事。
goo.gl/G7JQz5

🥄 **熊家私房玩法**

❶ 跟孩子吃看看書中那隻貓頭鷹的晚餐：奶油麵包配上豆子湯。這也許不是台灣孩子常吃的，我家小熊們偶爾也會吃吃，倍感新鮮。（其實，他們更喜歡全麥麵包配英格蘭巧達濃湯！）

❷ 貓頭鷹很不喜歡月亮老是跟著牠，我小時候也覺得月亮會跟蹤我……。跟孩子談談這現象到底是怎麼一回事吧！

BOOK

88

★★★★☆

《Cloudy With a Chance of Meatballs》

文：Judi Barrett　圖：Ronald Barrett

 故事大綱

某個神奇的小鎮，人們需要的食物會自動從天而降！但是，氣候卻從某天開始變得異常，從天上掉落的食物，若不是太多就是太奇怪，讓人們無法處理而開始恐慌！

 本書特色

十分有想像力的故事！ 2009 年被改編成同名的動畫影片（中譯《食破天驚》），後來還推出續集呢！

這本書十分有趣，不但插畫的畫風很特別，作者對故事的發想更是匠心獨具！英諺說「rain cats and dogs」（形容下傾盆大雨的樣子），本書卻是 rain pastas and pancakes ！

想起來多奇妙，食物從天而降，這樣不用努力賺錢也能溫飽了！不過，近年來全球氣候變異，極端氣候也在故事裡的小鎮發生。天上掉下來超大的鬆餅，讓孩子連學校都不能去。此外，還有下了一整天的起士、整天都是煮過頭的生菜，以及豆子湯變成的濃霧！

看來，食物從天而降也不是好事。不但清理起來很費事，

自己也不能選菜單，一點自由也沒有！還不如自己去賺錢、上餐廳點選自己喜歡的食物。

小熊剛開始唸這本書時，說他真的很想去「果凍山」看看、更想住在這個吃不完的小鎮。

不過。當故事發展到愈來愈不妙、天降食物變成了大災禍時，他馬上改口說：「我還是住這裡就好了。看起來真是太恐怖啦！那裡的垃圾清潔隊員難道不會掃不完嗎？要是我早就辭職不做了。……」連孩子也懂：世界上沒有十全十美的地方，也沒有十全十美的好事。

親子共讀時，當情節發展到天氣異變、天降怪東西的時刻，請盡量用詭異且誇大的語調唸出來。

朗讀範例

一位男士為姪女所做的朗讀。
goo.gl/N2JxlG

在 2009 年改編為動畫影片《食破天驚》的精采預告。
goo.gl/Tc2p65

🍯 熊家私房玩法

❶ 買包鬆餅粉，與孩子一起做做看書中提到的 pancake。完成後請記得淋上蜂蜜或楓糖漿喔，滋味會更好！

❷ 帶孩子去逛逛傳統市場或大賣場，讓孩子了解食物的中英文名稱。最好讓他自備些零用錢，買些自己喜歡的東西吃吃看。

❸ 也要教導孩子「一粥一飯，當思來處不易」，食物不可浪費的道理。

BOOK

89

★★★★

《Miss Rumphius》

文 / 圖：Barbara Cooney

 故事大綱

花婆婆在小時候就希望能像她爺爺一樣，到世界很多地方旅行、老的時候住在海邊的房子裡。爺爺曾告訴她別忘了做三件事：到世界各地旅行、住在海邊，還有最重要的就是「**做一件讓世界變得更美麗的事**」。小女孩答應爺爺，要做一件令世界變得更美麗的事——雖然她不知道那是什麼。

當她年紀大了，旅行過很多地方，最後也在海邊住了下來。有一天，她發現她隨手撒的魯冰花種子居然開出美麗的花。於是她買了一包又一包的種子，一邊散步、一邊把種子撒在每個角落。她做到她爺爺期許她讓世界變得更美好的事：**讓整個小鎮都開滿了美麗的花！**

 本書特色

這是國小「品格教育」的必讀好書。喜歡中譯版的人，務必閱讀原文版。

這本書在台灣譯為《花婆婆》，也是台灣小學生必讀的一部繪本，台灣甚至有一個命名為「花婆婆」的人與繪本館，可見這本書的重要性。

　　書中那位花婆婆撒下的種子，就是 1989 年改編自同名小說的國片《魯冰花》裡長在茶園的小黃花。學名「羽扇豆」的 Lupinus，被音譯為「魯冰花」。它原產於北美洲，後來

傳到南美、歐洲、非洲等地。魯冰花的花朵除了黃色，還有紅、藍、粉、紫等多種顏色。隨著品種不同，整棵植物的高度從 30 到 150 公分不等，花穗長度也有很大的差異。在台灣茶園看到的，只是其中被用來當綠肥的黃花品種。

魯冰花在台灣，常被種在田裡或茶樹旁。等到開過花之後，就被犁入泥土，來讓土地變得更肥沃。在台灣，如果您問「魯冰花」的花語，得到的答案多半是「**母愛**」。因為，花開過後的魯冰花以自身滋養大地，正如同母親那種無私、奉獻的愛。而在台灣知名作家鍾肇政在 1961 年發表的小說《魯冰花》裡，它又象徵了書中那位早夭的美術天才兒童；他雖然早夭，但也啟發了人們的心靈。

不管是電影也好、小說也好、繪本也好，東方與西方這兩個關於魯冰花的故事，都是我家用來教育孩子的好材料。雖然故事主題不同，同樣都能感動人心，也同樣的對生命充滿了啟示。我就是受到這部繪本的感動，所以才會想寫一些真正對別人有幫助的東西。誕生這本書的初衷，也要感謝花婆婆呢！

《Miss Rumphius》是一則篇幅不短的故事。如果孩子理解力還不夠，**最好您能先用中文解釋一遍，再用英語朗讀內容**。至於大孩子，不妨讓他先觀賞示範影片、了解故事內容之後，再進行親子共讀。

朗讀範例

此為 Tara Rose Stromberg 朗讀的有聲書（Audio Book）的版本。
goo.gl/yKUsXj

也來參考由網友製作的朗讀影片。
goo.gl/sBkz6Y

🏓 熊家私房玩法

❶ 與孩子討論人生中該完成的三件事。當然，內容未必要與書中一樣；畢竟，每個人的價值觀不同！可以鼓勵孩子平時多找機會思考這類問題。

❷ 也跟孩子分享自己的想法：怎樣才能讓世界變得更好？

❸ 收集一些野花的種子，或者買一些花卉種子，與孩子在家中陽台或空地種種看。

BOOK

90

★★★★★

《You Are Special》

文：Max Lucado　圖：Sergio Martinez

 故事大綱

微美克人是一群小木頭人，他們整天只做一件事：彼此互貼標籤貼紙！漂亮的木頭人會被貼上金星貼紙，至於醜的或犯錯的就會被貼上灰點貼紙。主角胖哥的身上，總有一堆灰點貼紙，因為他長得又醜又笨拙。有一天，他遇見了很特別的露西亞，別人想給她貼標籤卻貼不住！胖哥想知道她是怎麼辦到的，於是……

 本書特色

這是一本探討如何相信自己、不去在意別人的眼光，以及反抗同儕霸凌的勵志型繪本。

相當特別的繪本！除了插畫十分精美，它還可以讓您用更自然的方式，來跟孩子聊聊關於霸凌或自信等在跟同儕相處時很常發生的問題。台灣也有引進這本書的中譯版，書名是《你很特別》。我家的兩個大孩子在台灣讀到小學中年級時，學校都指定他們要閱讀這本書。

　　故事中提到的貼標籤行為，是人類社會很常見的現象。但是人最後要面對的，其實不是別人的看法，而是自己對自己的肯定。

　　人是群居的動物，最困難面對的，也是別人對自己不友善

的看法。有句諺語說：「If you want to please everybody, you will please nobody.」如果能擺脫別人對自己的想法或成見，做一個忠於自己的人，這才是最棒的！但這個境界可能必須先要有一番歷練才能達到。

當孩子還小的時候，對於這本書的抽象概念可能不是那麼容易理解，但是，您可以讓孩子知道以下幾個基本觀念：

1. 不要隨便幫人貼標籤，尤其是胖豬、肥婆之類充滿惡意的綽號。

2. 當別人給了自己不好的評價、讓自己心裡面感到不舒服時，可以告訴家長或老師，因為語言霸凌有時會比肢體霸凌更傷人。

3. 務必要親口告訴孩子：「自己是世上獨一無二的存在！」**要懂得時時保護自己，拿出勇氣與智慧，讓別人不能隨意用言語傷害自己。**

與孩子共讀此書時，注意這兩種語調的轉換：胖哥用無自信的語調，木匠則是如上帝般的撫慰語調。這樣子，故事的張力就完成 90% 了。

朗讀範例

來聽聽用英式英語朗讀的版本。本影片製作細膩，五星級推薦！goo.gl/zKZhZ5

🥄 **熊家私房玩法**

❶ 讓孩子練習說一些可以保護自己的話語。比如，當他被別人叫了很難聽的綽號時，可以這樣回答：「我聽了很不高興，請你不要再這樣叫我」、「太過分了，我會報告老師」。

❷ 如果您的孩子講不出這些反擊的話，那就教他要學著不理會這些「標籤」；也請他要相信自己有與眾不同的特色與長處。不需要太在乎別人的惡意，那是他人的無知與失敗。人只要能對得起自己、相信自己，總能走出一條不同的路。

BOOK

91

PATRICIA POLACCO
Thank you,
Mr. Falker

★★★★★

《Thank you, Mr. Falker》

文／圖：Patricia Polacco

 故事大綱

小派翠西亞非常興奮，因為她快要上學讀書了！可是，上了學以後，當她打開書本來讀，書上的文字和數字卻擠成一堆，完全無法分辨。有閱讀障礙的她愈來愈沒自信，甚至成為同學霸凌的對象──但她根本不敢說出來。直到 Falker 老師出現，不但讓她免於霸凌，還教她學會認字！

 本書特色

關於校園霸凌與如何克服學習障礙的好書。

派翠西亞・波拉蔻（Patricia Polacco）是知名的美國繪本作家，她常從家族史取材，寫成溫馨、動人的故事。

作者 1944 年出生於美國密西根州，媽媽來自俄國，爸爸來自愛爾蘭，父母在她 3 歲時離婚。祖父母和外祖父母對波拉蔻的作品有著決定性的影響。小時候有閱讀障礙的她，後來不但上了大學，主修純藝術，甚至還得到藝術史的博士學位！波拉蔻除了創作圖畫書，也曾為博物館進行古老藝術品的修復工作。

這本《謝謝您，福柯老師！》是作者在童年發生的真實故事。書裡面描繪她如何克服障礙，學會閱讀，以及她的恩師如何開啟那道閱讀之門，帶領她進入光明。

本書有兩個重要的主題：閱讀障礙與校園霸凌。所以在學校常被選為班級共讀書，或被納為指定閱讀書單中。書中討論的議題雖然有點嚴肅，卻也是我們必須去面對、去學習的重要議題，值得推薦！

小小熊在美國時有一位好友 L。這位男孩在小一時表現出過動兒與亞斯伯格症的症狀，是班上最令人頭痛的學生。他還很愛發言，煩不勝煩的老師竟要求全班同學把 L 當成隱形人，要孩子們別理他。這讓 L 內心大受傷害，因此討厭上學，最後以轉學收場。我不知道這算不算是老師帶頭霸凌同學呢？相較之下，這本書裡面的福柯老師所展現的愛心與耐心，就十分難得。

說真的，特殊的孩子，真的需要特殊教育老師來協助。一般人也該對他們多些同理心，不該用刻意忽視或排擠的手段來處理。每個孩子都是獨特且應該被尊重的，不是嗎？

親子共讀時，要盡量把小派翠西亞最後終於能認字的開心、興奮心情，用高亢語調讀給孩子聽。

朗讀範例

再來欣賞 StorylineOnline 的一則精采影片！喜劇女演員 Jane Kaczmarek 的朗讀版本很有感染力，尤其是小派翠西亞跟書裡文字搏鬥的那一段！

goo.gl/0FC88z

很難得的作者專訪資料！來聽聽作者 Patricia Polacco 談論故事裡那位改變她一生的老師與過程。

goo.gl/MsvTPc

🐻 熊家私房玩法

❶ 與孩子談談，如果他遇到不好的同學，要如何應對？適時向老師與家長反應是第一步；但也不要老是去告狀，這樣子，對方會更討厭你。

❷ 如果您的孩子也一直無法好好閱讀，可能他跟小派翠西亞一樣都有閱讀障礙；所以，千萬不要責罰，而是帶他去看專業的醫師、做最正確的診斷！

Know all persons by these presents, that
I Ulysses S Grant of the City & County of
St Louis in the State of Missouri, for
DANNY AND THE DINOSAUR
Froggy~

Chapter 5 從經典套書邁向 獨立閱讀的新里程

這本書裡的每一章書單代表了一個程度的階段。在前四個階段推介的繪本，我鼓勵您採用**親子共讀**的方式。也就是說，主要由父母來朗讀給孩子聽，目標是讓孩子學會認字。到了第五階段，您可能會發現，這些書籍的單字跟內容並沒有比第四階段來得難，但是，故事內容卻變得比較長了。這些被我挑選出來的書，是讓孩子展開自我閱讀的橋梁書。

本階段的書籍都是一系列的基礎橋梁套書，也是美國校園裡，從幼兒園到小學二年級很常見的班書，或者是學校閱讀課的指定書。由於一套書裡面會有很多本，建議您每個系列至少要讀讀第一本或前三本。因為先有前面這些作品大受歡迎，後來才能不斷推出續集而形成系列，所以，它們才是精髓！

等孩子通過第五階段、可以獨立讀書以後，他也可以隨時回去練習自己閱讀第一到第四階段的書籍。

以下推介的 10 套書，您未必都要購買整套。我個人的做法是：先買第一本或去圖書館借，讓孩子自己試著讀，同時也讓他看看網路上的朗讀範例影片。當孩子表現出對書中主角、故事的認同或興趣了，再讓他讀下一本。（記住，打鐵務必趁熱！）但如果卡關了或對主題沒興趣，千萬不要勉強孩子，先把這套書擱置一陣子，等孩子成熟度再高些、或語言能力跟理解力有所提升後，再拿出來試一次。

當孩子可以自行閱讀本階段 40 ～ 50% 的書時，建議您再拿出第二到第四階段的繪本，讓他自己讀一次。或者採用親子交替朗讀的方式，直到他可以獨立閱讀為止。接下來，孩子就可以正式進入英語小說的閱讀世界了！

BOOK
92

★★★☆

《Henry and Mudge》

文：Cynthia Rylant 　圖：Suçie Stevenson

套書特色

本書在講述一位小男孩 Henry，和他家裡養的大狗 Mudge 彼此互動的溫馨故事。

這套《Henry and Mudge》系列，也出現在汪培珽《培養孩子的英文耳朵》第二階段的推薦書單中。這個書系主要在講述發生在小男孩 Henry 和大狗 Mudge 之間的一系列幽默、溫馨的小故事！

我家小熊在美國唸書時，這套系列也是他進入小說世界的橋梁書。小熊喜歡這本書的理由跟許多美國孩子的理由相同：好想養一隻屬於自己的狗！不過，因為他對狗毛、貓毛都過敏，這種夢想永遠只能是夢想，只好用看書的方式來取代無法完成的夢。

《Henry and Mudge》這套書，不管是用字遣詞或故事內容都十分單純，但卻很流暢、幽默，常常連大人也忍不住發出會心一笑，還能讓孩子潛移默化中學會如何運用單字與句型。老實說，故事裡的插畫一點也不精美；但是，那樸實的線條反而能讓人感受到不造作的童趣！

我先前在搜尋這套書的資料時，發現網路上竟有《Henry and Mudge》全套的 pdf 檔及 mp3 檔，完全任人免費下載！

雖說，利用線上的影音資源來學英語，是很聰明的做法；但，這種「海盜版」實在難以叫我認同。台灣以前是海盜王國，在國際上曾被人恥笑，現在已有改進了。大家可**別鼓勵海盜行為，戕害作者與編輯的辛苦結晶**。還請大家多多支持正版書！家裡若不想添購書；那麼，到圖書館借閱繪本與光碟也是個好方案。

當然，我鼓勵大家善用網路上那些版權合法的朗讀影片來學習，方便又兼顧預算。家長的一言一行，都是孩子最直接的示範。希望大家都能循著正道，帶領孩子走向學習英語的坦途。

目前，這系列已有 29 集。前 3 集為：

1.《Henry and Mudge The First Book》（1987）
2.《Henry and Mudge in Puddle Trouble》（1987）
3.《Henry and Mudge in the Green Time》（1987）

註：完整書單請自行上網查詢。

朗讀範例

第 一 集《Henry and Mudge The First Book》的朗讀影片。
goo.gl/KjWGHE

《Henry and Mudge and the Starry Night》的朗讀影片。
goo.gl/0hwOmo

《Henry and Mudge and the Snowman Plan》的朗讀影片。
goo.gl/mk4hcS

熊家私房玩法

❶ 看了本書後的孩子，多半會對書中人狗的美好感情欣羨不已，進一步吵著要養狗。養狗其實也是一種不離不棄的承諾；但是，也該考慮自家的空間跟周遭環境是否適合，千萬不要一時衝動而答應孩子養狗。建議您們可去拜訪有養狗的家庭，讓孩子真正體驗養狗的甘與苦，再做決定。

❷ 如果不能養一隻像 Mudge 那樣的大狗，也可讓孩子在寒暑假養電子雞（Tamagotchi），體驗一下養寵物的樂趣與辛苦。最近還有很多虛擬寵物的手機 app，我朋友試過之後覺得還不錯，大孩子也可以試試。但，家長可不要讓孩子養電子寵物養到太入迷的程度喔！我家孩子只限在寒暑假可以養一下。

93

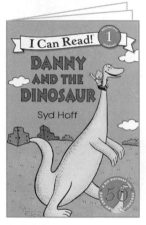

★★★★

《Danny and the Dinosaur》

文 / 圖：Syd Hoff

套書特色

恐龍書一直是許多男孩的最愛，更何況是一隻個性友善、又很喜愛小朋友的親切恐龍！

這本書的用字十分淺顯易懂，孩子很容易接受它做為第一本的英語橋梁書。

第一集的故事內容就很吸引孩子！小男孩 Danny 在博物館遇見一隻會講話的恐龍，他們成為好朋友。不但一起出去玩、過馬路、看棒球、逛動物園，還與 Danny 的朋友一起同樂、玩躲貓貓……。最後，大家該回家了，恐龍也回到博物館。

我認識許多男孩家庭，家中充滿了火車、汽車與恐龍等玩具。奇怪的是，我家的男孩雖很喜愛車類，對恐龍卻一直無感！不論是去博物館看到巨型的恐龍骨頭、或是買立體的恐龍書給他們，反應都是冷淡、可有可無的樣子。我在失望之餘，也更確認了每個孩子的喜好都是獨特且不可複製的。

直到本書出現，才打破了這個「恐龍迷咒」。它是我家老大在美國讀小學時由校方指定的讀物，也是他愛上的第一本恐龍書。我想他愛上的，並不是恐龍的壯碩身形，而是牠的親切態度吧！原來，我家孩子喜歡的是，個性溫暖、很有人性的恐龍。

我特別要推薦棒球選手 Ryan Dempster 的朗讀。除了語調清晰之外，圖片與爵士樂的搭配也 100% 的恰到好處！如果，孩子仍然抗拒獨自閱讀，建議先讓他來看看 Ryan Dempster 的這段朗讀，相信會讓孩子漸漸願意自己拾起書本，享受與恐龍共讀的樂趣！

以下列出的同系列作品，都屬於《I Can Read!》（我會自己讀）的書系。建議您，若孩子喜歡第一集的話，就趕快趁勝追擊，讓他讀下一本續集！

1. 《Danny and the Dinosaur》

2. 《Happy Birthday, Danny and the Dinosaur!》

3. 《Danny and the Dinosaur Go to Camp》

4. 《The Danny and the Dinosaur Treasury: Three Huge Adventures》

朗讀範例

讓美國職棒小熊隊名將 Ryan Dempster 唸第一集的故事給你聽。
goo.gl/0Cu4XY

本系列第二集《Happy Birthday, Danny and the Dinosaur!》的朗讀範例。
goo.gl/IWjfXY

熊家私房玩法

❶ 帶孩子到博物館，看看真實的恐龍化石標本。最好在去之前先找本簡單、易懂的恐龍圖鑑，讓孩子知道幾種著名的恐龍，以及如何分辨。

❷ 推薦一本很不錯的立體書：由 Candlewick Press 出版的《Dinosaurs》，這本書在美國家長之間也廣受好評。我家雖無恐龍迷，但也珍藏了一本，只因為裡面的立體紙雕恐龍實在是太栩栩如生了！

★★★★★

《Fly Guy》

文 / 圖：Tedd Arnold

套書特色

這是一系列描述聰明蒼蠅 Fly Guy 的奇妙故事，讓人不得不佩服作者的巧思！

有隻很聰明的蒼蠅會叫出主人的名字，這個才能讓牠贏得了寵物才藝比賽的大獎，也打破了人們對蒼蠅的刻板印象。

我家小熊是在幼兒園裡唸完此書的。看完此書，他問我：「媽，我們可以養一隻蒼蠅當寵物嗎？看起來很好玩！」當然，我家最後沒有養蒼蠅！但是，我也因此而努力的勤上圖書館，把《Fly Guy》的續集全找回給他看。小熊十分的滿足。

這系列之所以成功，除了很少有創作會拿討人厭的蒼蠅當主角（更別說是當寵物了），故事裡那隻蒼蠅實在也很討喜！每次只要有牠出現，就能出人意料之外的解決許多問題。

網路上有一個名為「Grandma Annii's Storytime」的朗讀影片資源，主講者安妮奶奶選的是這系列的第 11 集《Ride, Fly Guy, Ride! 》。她不但唸得好，影片的剪接與配樂也很認真。我真的必須要說：網路上的資源與能人愈來愈多！當我還在整理這部分的文章時，這位熱愛朗讀的老奶奶又上傳了一本關於海洋跟字母的有趣繪本影片！請各位讀者要好好

利用這樣的資源。您也許不能馬上擁有許多英文繪本與有聲CD，但是，網路上有許多很用心的人士，他們都十分樂於分享！

　　這系列關於蒼蠅的故事，在第一集大受好評之後，作者又趁勝追擊，目前已推出了 16 集。清單如下：

1. 《Hi! Fly Guy》

2. 《Super Fly Guy》

3. 《Shoo, Fly Guy!》

4. 《There Was an Old Lady Who Swallowed Fly Guy》

5. 《Fly High, Fly Guy!》

6. 《Hooray for Fly Guy!》

7. 《I Spy Fly Guy!》

8. 《Fly Guy Meets Fly Girl!》

9. 《Buzz Boy and Fly Guy》

註：完整書單請自行上網查詢。

朗讀範例

一位小女生的可愛朗讀，也值得一聽。

goo.gl/wshl4j

來聽聽一位安妮奶奶的專業朗讀：《Ride, Fly Guy, Ride!》。Grandma Annii's Storytime 的影片做得好，配樂也很棒！

goo.gl/AVwO8N

🥄 熊家私房玩法

❶ 帶孩子觀察一下真實的蒼蠅。蒼蠅的舉動其實十分有趣，有時搓搓手、有時摸摸臉。我曾帶孩子仔細觀察果蠅與蒼蠅的舉動，也藉機告訴他們為何蒼蠅是傳染病菌的高手：牠到處亂停、到處亂摸，腳上當然沾了一堆細菌！再加上飛來飛去的吵雜聲──真正的 Fly Guy 會如此超討人厭，不是沒有原因的。

❷ 有一部動畫影集《昆蟲 Life 秀》，裡面的短片常描述蒼蠅與瓢蟲的有趣故事。家裡若有喜歡昆蟲或喜歡《Fly Guy》的孩子，一定要找來看看。

★★★★

《Curious George》

文/圖：H. A. Rey & Margret Rey

套書特色

一隻本來生活在叢林的小猴子喬治，被戴著黃帽子的人帶到大城市裡住下來。牠實在太好奇了！到處看、到處玩，引發了許多危機與笑話。還好，幸運的喬治總是能化險為夷、渡過難關！

我家老三在 2 歲時第一次接觸《Curious George》，馬上就被深深吸引。當時他看的是關於生日派對的那一集；因為迷你熊喜歡吹生日蛋糕，所以那本書被他翻閱了無數次。

事實上，生日派對那本是後來授權他人創作的作品，但故事也不錯。這些非原作者創作的繪本，如《Curious George and the Birthday Surprise》、《Curious George Goes to a Movie》、《Curious George in the Snow》等等，都很受到孩子們的喜愛。這系列在後來又被改編成卡通與電影，也都是學英語的好教材。

這系列的書，一定不能錯過原創的第一本！我在美國中文學校教書時，孩子們就常常要求我一唸再唸，沒事也喜歡拿起來翻看。

第一本講的就是小猴子喬治如何被抓到、為何會被帶到

大都市，然後又被消防隊員抓走、被關監獄又逃獄，後來還
飛到天上，最後住到動物園的故事。故事裡的黃帽子叔叔，
雖然是一開始抓他離開叢林的人，最後卻變成照顧他的好主
人，這也是一種有趣的人猴情誼。

　　這系列的繪本，我建議大家優先讀原創作者 Margret & H.
A. Rey 的作品，他們創作的共有 7 本。雖說，後續由他人創
作的書也有佳作，但仍以這 7 本最為經典。

1. 《Curious George》（1941）

2. 《Curious George Takes a Job》（1947）

3. 《Curious George Rides a Bike》（1952）

4. 《Curious George Gets a Medal》（1957）

5. 《Curious George Flies a Kite》（1958）

6. 《Curious George Learns the Alphabet》（1963）

7. 《Curious George Goes to the Hospital》（1966）

> 🥢 熊家私房玩法
>
> ❶ 我家的小熊們特別喜愛猴子這種動物，尤其是屬猴的老二。每次
> 我帶他們去動物園，孩子們都會坐在猴山前觀察猴子的行為好久
> 好久。
>
> ❷ 孩子常常分不清猴子、猿類有什麼差別。其實，最大的分別就在
> 於有沒有尾巴！猴子是有尾巴的，而猩猩跟人猿則都是無尾的。

朗讀範例

第一集《Curious
George》的朗讀影
片，朗讀者光靠語調
變化就表現出小猴搗
蛋的臨場感。
goo.gl/wBvJVM

《Curious George
and the Pizza》的朗
讀影片。
goo.gl/gyyEOc

這故事在 2006 年也
改編成動畫影片《好
奇猴喬治》，可以看
看這段有趣的預告。
孩子若喜歡，可以找
電影 DVD 來看。
goo.gl/Jakmnx

BOOK

96

★★★★

《Little Bear》

文：Else Holmelund Minarik　圖：Maurice Sendak

套書特色

小熊與媽媽的溫馨家庭生活故事。嗯，也許我家也該寫一套
這種故事……。

這套書也是我家小熊哥在美國小學的指定讀物。記得當
時學校舉辦了星球飛行的閱讀比賽，規定學生：讀一
般的繪本，每次可集到 1 個點數；但若是讀《Little Bear》系
列的書，卻可以得到 2 或 3 點！小熊哥本來就對「小熊」很
有好感，再加上讀繪本還可以集點、集點就能夠換禮物；所
以，這套書在他小一時就順利讀完了。

　　書中的小熊常有許多無聊舉動，挑戰大人視為理所當然的
法則。然而，溫馨的簡單對話，卻很有印度詩人泰戈爾作品
般的單純詩意。

　　我個人最喜歡的一段情節是在〈Little Bear Goes to the
Moon〉裡，小熊戴著紙做的太空帽假裝自己飛到了月球，
他自言自語的說月球的樹跟地球一樣；看到自己的家，也說
這跟地球的房子很像。結果自己媽媽也開他玩笑，說：我的
小熊已經飛到月球去了，不認識眼前的這隻熊……。小熊趕
快來撒嬌，說自己正是小熊，肚子很餓要吃飯了！

這本創作比我還早出生，然而，能一直如此受到兒童文學界的重視，不是沒有道理的！故事裡對於孩子（小熊）愛幻想、愛挑戰的描寫，的確是入木三分，很難不讓人愛上啊！

本書系列共有以下作品，值得一讀。

1.《Little Bear》（1957）
2.《Father Bear Comes Home》（1959）
3.《Little Bear's Friend》（1960）
4.《Little Bear's Visit》（1961）
5.《A Kiss for Little Bear》（1968）
6.《Little Bear and the Marco Polo》（2010）

> 🏓 熊家私房玩法
>
> ❶ 來場親子廣播劇！這套書的故事裡有很多對白，您不妨讓大孩子與自己合演一齣廣播劇，再用相機或錄音筆錄下來，不時拿來欣賞，也可以成為日後孩子學英語的美好回憶！
>
> ❷ 學學小熊的母親，對孩子的幻想與小脾氣，總有無盡的包容與幽默感。說真的，本系列描述的小熊媽並不是我（哈），總之，這位熊媽是我看過童書界裡最可愛的一位母親了！

朗讀範例

Home of Many Blessings 的朗讀示範。
reurl.cc/6EbWOr

Alphia 唸書給你聽。
reurl.cc/Ddba26

由一位男士朗讀、製作的精采投影片。
goo.gl/oGo3bO

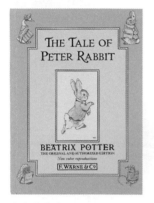

★★★★☆

《The Complete Adventures of Peter Rabbit》

文 / 圖：Beatrix Potter

套書特色

比得兔（又譯為彼得兔），自從 1902 年《比得兔的故事》（The Tale of Peter Rabbit）面世，一百多年來，這隻喜歡偷溜到麥奎格先生（Mr. McGregor）菜園偷吃的頑皮小兔，以優美、細膩的水彩畫風呈現，故事的情節溫馨、逗趣，可說是老少咸宜。

說到比得兔，一定要談談作者碧雅翠絲（Helen Beatrix Potter），這位生於 1866 年英國的女作家，有個小她 6 歲的弟弟。

碧雅翠絲從小過著中產階級生活。幸運的是，她的父母鼓勵她發展藝術天分，並接受她對自然史的狂熱。他們常常帶碧雅翠絲去參觀畫廊與展覽，還幫她安排上素描課。同時，她與弟弟在家中頂樓的教室裡，養了各種寵物，包括兔子、老鼠、蜥蜴等動物。所以，她畫出來的動物也擁有科學般的精確度。

完成家庭教育後，碧雅翠絲開始埋首於畫畫與研讀自然史，對菌類的研究最感興趣。然而，她發現身為業餘的科學熱好者與女性在當時難有什麼成就，後來還是放棄了科學。在弟弟的幫助下，轉而銷售她畫在卡片或圖畫書上的動物虛構情境圖。

她很善於用藝術技巧娛樂小朋友。她有位家庭教師摩爾,碧雅翠絲就常寄圖文並茂的信給摩爾的小孩。她總是以活潑的筆觸在信中畫出自家寵物的趣事。為了鼓勵摩爾那位躺在病榻的長子,她畫了一封關於自家寵物兔子比得的故事信給他。這個故事在後來就成了家喻戶曉的《比得兔的故事》。

直到現在,人們還是十分喜愛那傳神的畫面、可愛又頑皮的小兔子。雖然是一百多年前的作品,千萬不要認為這是個老故事很過時了。請與孩子仔細看看細膩的插畫,連我都不得不讚嘆:的確是經得起時代考驗的好作品!

碧雅翠絲一生創作的兒童圖畫書頗多,故事主角都是擬人化的小動物,全都值得一看。

1.《The Tale of Peter Rabbit》(1902)

2.《The Tale of Squirrel Nutkin》(1903)

3.《The Tailor of Gloucester》(1903)

4.《The Tale of Benjamin Bunny》(1904)

5.《The Tale of Two Bad Mice》(1904)

6.《The Tale of Mrs. Tiggy-Winkle》(1905)

7.《The Tale of the Pie and the Patty-Pan》(1905)

8.《The Tale of Mr. Jeremy Fisher》(1906)

註:完整書單請自行上網查詢。

朗讀範例

很不錯的朗讀示範。
reurl.cc/bkNMrX

推薦也看看以比得兔作者為題材的傳記式電影《波特小姐:比得兔的誕生》(Miss Potter),此為預告片。
goo.gl/YArVyl

🐻 **熊家私房玩法**

❶ 比得兔系列有很多周邊產品。比如,某便利商店就會推出集點送比得兔玻璃杯的活動,當然,還有許多文具、玩偶等產品。建議您可讓孩子買一、兩種文創商品,讓孩子對比得兔更有印象、更有認同感,這樣子,唸故事的效果自然就會事半功倍!

❷ 大孩子可以看看《Miss Potter》這部電影,了解作者的背景、創作歷程,提升對作品的興趣。

BOOK

98

★★★★☆

《The Berenstain Bears》

文／圖：Stan and Jan Berenstain

套書特色

《The Berenstain Bears》這一系列的故事，原創者為 Stan 與 Jan 這對姓 Berenstain 的夫妻檔，後來又交由兒子 Mike Berenstain 繼續寫下去，最後又授權出版社，發展出許多關於 Berenstain 熊家族的故事。

這套書的故事是描寫 Berenstain 家族的小熊們 Papa bear、Mama bear、Brother bear、Sister bear，以及後來又出現的小寶寶 bear 的生活故事。故事多半與禮節、品德或安全有關，例如：用餐禮儀、不吃垃圾食物等，也有才藝表演、露營等生活體驗的內容。

記得我家兒子回到台灣上小學時，起初會唸唸有詞的說些難聽話語、對家人態度凶惡。後來仔細詢問，才知道班上有個男同學也是經常出語凶狠、態度惡劣；於是，我兒子也開始把自己武裝得很凶惡，結果就不知不覺的養成這些習慣。

所以，我用他看過這套書裡的《The Berenstain Bears Forget Their Mammers》的內容為例，建議他：別人都做的事，不表示自己也該有樣學樣！要選擇好的朋友。離開那些不好的、妨礙自己成長的人，多去接近行為高尚的人。

其實，這套書的插畫並不是特別美麗、細膩，但是它的題材包羅廣泛，而且很接近美國孩童的生活。由於教育意義深

刻，所以受到好評，也被改編為卡通。

小熊在幼兒園階段便可開始讀這系列的繪本。不過，別看它薄薄一本，裡面的用字量其實還不少！所以，不太適合初級者自行閱讀。需孩子認字到一定程度之後，才鼓勵他去自行閱讀。

本系列的書籍目前已經超過 300 本、全世界銷售超過26 億本、全球有 20 多種語言版本，所以，在此就不一一介紹每本書的內容。您可參考附上的朗讀範例，也可以上Amazon 網站找自己有興趣的《The Berenstain Bears》書來看。

本系列中有幾本不可不看的熊媽推薦，如下：

1.《The Berenstain Bears and Too Much TV 》：關於看電視，孩子常容易無法自拔，熊兄妹也是如此，該如何有智慧的解決？

2.《The Berenstain Bears and Too Much Junk Food 》：孩子都愛吃垃圾食物，有時連爸爸也是！但是無節制的食用，是健康大敵，本書讓孩子對垃圾食品有更多了解。

3.《The Berenstain Bears Forget Their Manners 》：談禮貌的小故事。孩子常常忘記禮貌，熊媽媽有很棒的規矩單，大家可以試著學一下。

4.《The Berenstain Bears and the Bully 》：關於霸凌，看似不嚴重，但嚴重時會要人命！來看看熊兄妹如何面對霸凌問題。

朗讀範例

摘自互動有聲書（Living Books）光碟的《The Berenstain Bears Get in a Fight》影片。
goo.gl/EBQamO

Mrs. Clark 念露營的故事。
reurl.cc/QjV0qZ

🥄 **熊家私房玩法**

❶ 每個有趣的主題，如愛吃零食、忘記禮貌的 Berenstain 兄妹，都可以拿來做為品格教育的好題材。寓教於樂是本系列的最大特點，值得好好利用。

❷ 除了找書來給孩子看，卡通版的影片也另有樂趣。建議可讓孩子先讀讀繪本，再陸續找些影片來欣賞。但，我建議還是以閱讀為主，看影片為輔。

99

★★★★

《Amelia Bedelia》

文：Peggy Parish　圖：Fritz Siebel

套書特色

有趣、幽默的家庭故事集。主角 Amelia Bedelia 是個可愛卻很脫線的女僕，常常誤解主人的命令，將家事做得讓主人哭笑不得！還好，最後她都會用自己的好廚藝，讓故事有圓滿結局。這是小男孩跟小女孩都喜愛的可愛故事。

本書也是美國小學生的必讀系列讀本之一。故事是講述一個有點迷糊、穿著很羅麗塔的女僕，她聽不太懂雙關語或慣用語，老是弄錯主人的指令，因此搞出許多笑話。但是，Amelia Bedelia 的個性可愛又純真、還有一手好廚藝，讓認識本書的孩子都深深喜歡她。

我家小熊最喜歡的一集是《Play Ball, Amelia Bedelia》，這本描述了語文解讀能力異於常人的 Amelia Bedelia 要跟小朋友們一起打棒球，結果又鬧出許多笑話。比如說有人告訴她：「You must step in to meet the ball.」（你必需移動身體才能打到球）但 Amelia Bedelia 卻用身體去接球，痛得哇哇叫，所以她覺得打棒球一點也不好玩。又有人說：「Throw the ball to the first base. Put Dick out.」（把球傳回一壘，讓 Dick 出局）很聽話但又經常搞不清楚狀況的 Amelia，竟然誤會了「out」的意思，把 Dick 丟到場外去！最誇張的，莫過於當她聽到指令「Steal the base（盜壘）！」Amelia 果真硬生生的，把壘包抱著「偷走」了！最後，一場棒球賽

打得亂七八糟！還好擅長烹飪的 Amelia 最後還是能以美味餅乾與一顆真誠的心，贏得大家的友誼。

　本系列書中有許多結局，都是烤派或蛋糕等美食來收尾，也算是這系列的劇情特色。

　總之，Amelia Bedelia 的書常能獲得閱讀雙關語的樂趣，也讓孩子學英語的過程增添許多趣味！

　建議父母們可找出此系列的書，與孩子一起歡笑。不過這系列可真不少，目前已推出超過 40 本！可以慢慢欣賞。

1.《Amelia Bedelia》（1963）

2.《Thank You, Amelia Bedelia》（1964）

3.《Amelia Bedelia and the Surprise Shower》（1966）

4.《Come Back, Amelia Bedelia》（1971）

5.《Play Ball, Amelia Bedelia》（1972）

6.《Good Work, Amelia Bedelia》（1976）

7.《Teach Us, Amelia Bedelia》（1977）

8.《Amelia Bedelia Helps Out》（1979）

9.《Amelia Bedelia and the Baby》（1981）

10.《Amelia Bedelia Goes Camping》（1985）

註：完整書單請自行上網查詢。

🥄 熊家私房玩法

❶ 每讀完一集，就跟孩子討論書中的笑點在哪裡，還有，雙關語被誤解之處。

❷ 也跟 Amelia Bedelia 一樣來玩烘焙吧！和孩子一起練習烤蛋糕、做做各種水果派。網路上食譜很多也很容易找。自己做的點心，料多又實在呢！

💬 朗讀範例

第一集《Amelia Bedelia》的朗讀影片。

goo.gl/ZssiMl

《Good Work, Amelia Bedelia》的朗讀影片。

goo.gl/QPguF5

這是相當受歡迎的一集《Amelia Bedelia Goes Camping》的朗讀影片。

goo.gl/oVNZmj

出版社為紀念此書面世 50 週年而製作的訪談影片，可更了解作者如何創作這個故事。

goo.gl/QuWG67

BOOK

100

★★★★☆

《Young Cam Jansen》

文：David A. Adler 圖：Susanna Natti

套書特色

女主角 Cam Jansen 是個有特殊能力的女孩，對看過的場景與事物過目不忘，這項能力幫助她破解許多的懸疑案件。這系列的故事相當刺激且充滿著挑戰性。

這是一套以小女生為主角的推理故事，十分受美國小學中低年級孩子的喜愛，不論男女性別，是邁向章節故事的很好敲門磚。

本書作者 David A. Adler，他本來是紐約某間小學的數學老師。他發覺，**當時市面上的書對小學低年級學生來說，不是太簡單就是太難，並沒有所謂的橋梁書，導致許多孩子因此而放棄閱讀這件事。**於是，這位數學老師決定寫本能吸引孩子注意力的懸疑小說，來帶動孩子們對閱讀的動力。因此誕生了 Cam Jansen 這個角色！

故事書類型那麼多，為何作者會選擇寫偵探類的主題？因為他希望小讀者能「真的讀進去」，注意書中內文的每一個細微線索，而不是有讀沒有到、只是不用大腦的唸過去而已！

作者特別把主角設定為女生，這是因為他覺得許多偵探故事都是以男性為主角，但是，**女生其實也可以充滿智慧與勇氣。**為了打破這種對性別的刻板印象（stereotype），作者

才特別把主角設定為一個聰慧的小女生——Cam Jansen。

作者以 Cam Jansen 為主角而寫出一系列的偵探故事。其中，《Young Cam Jansen》系列屬於較簡易的入門書。當孩子看完了《Young Cam Jansen》系列，就可以往內容更深一點的《Cam Jansen Mysteries》系列邁進囉！

《Cam Jansen Mysteries》這套書目前（2016 年初）已出版到第 34 集，是鼓勵孩子動腦思考的好書！

1.《Young Cam Jansen and the Missing Cookie》

2.《Young Cam Jansen and the Dinosaur Game》

3.《Young Cam Jansen and the Lost Tooth》

4.《Young Cam Jansen and the Ice Skate Mystery》

5.《Young Cam Jansen and the Baseball Mystery》

6.《Young Cam Jansen and the Pizza Shop Mystery》

7.《Young Cam Jansen and the Library Mystery》

8.《Young Cam Jansen and the Double Beach Mystery》

9.《Young Cam Jansen and the Zoo Note Mystery》

10.《Young Cam Jansen and the New Girl Mystery》

註：完整書單請自行上網查詢。

🏓 熊家私房玩法

❶ 如果孩子喜歡偵探故事，看完這套系列之後，可以找一些相關主題的書，如我們下面要介紹的 BOOK101：《Encyclopedia Brown》系列，此外還有《Nate the Great》系列、《The Boxcar Children》系列，都是美國小學生耳熟能詳的成套讀物。

❷ 鼓勵孩子仔細觀察一些他覺得不能理解的事物。只要常保好奇心，許多事情都會找到解答。

朗讀範例

來聽聽小女生朗讀第二集《Young Cam Jansen and the Dinosaur Game》的第一章。
goo.gl/exBfHx

官網上的難得影片，作者談他當初為何會寫出這本偵探小說。
goo.gl/xlnrCS

Reading Rockets 頻道的 9 分鐘專訪，詳細介紹作者的創作歷程與靈感來源，很值得一看！
goo.gl/d9pqNd

BOOK

101

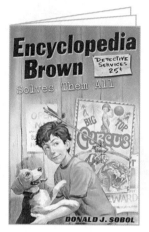

★★★★☆

《Encyclopedia Brown, the Boy Detective》

文 / 圖：Donald J. Sobol

套書特色

一套關於超博學少年的偵探故事。講述聰明過人的小偵探布朗，自己開了一間很小的偵探社，並且到處破案的神奇故事！

本系列的第一本於 1963 年出版，後來陸續出到 28 集。講的是一位知識豐富如同百科全書、觀察力又十分入微的男孩，他自己成立了小小的偵探社，成功的幫朋友、鄰居解答許多的問題。

這本書也有出過中譯本，譯為《小探長探案》系列（國語日報出版）。我家老大小熊哥在美國讀小一、小二時，最愛讀此系列的書了。因為，同一本書裡面有好幾則小故事，而每個故事都在情節描述後，小偵探布朗馬上就說：「我已經知道真相是什麼了！」但是作者卻故意在勾住讀者好奇之後，並沒有馬上公布答案，而是繼續講下一個故事。等到讀者翻到最後，作者才一一揭曉前面每個故事的解答。

所以閱讀此書時，孩子需要仔細看細節，才能推斷出答案！這也是為何本書會受到歡迎的原因吧！讓孩子邊讀邊動腦，等看到解答與自己想的答案很接近的那一刻，孩子都會忍不住想：「對吧！我就是這樣猜想的啦！」

因為很受到讀者喜愛，這個系列後來也在 HBO 頻道改拍成電視影集。2013 年，更由華納兄弟電影公司拍攝成大銀幕作品，值得一看。

本系列的作品如下：

1. 《 Encyclopedia Brown, Boy Detective 》
2. 《 Encyclopedia Brown and the Case of the Secret Pitch 》
3. 《 Encyclopedia Brown Finds the Clues 》
4. 《 Encyclopedia Brown Gets His Man 》
5. 《 Encyclopedia Brown Solves Them All 》
6. 《 Encyclopedia Brown Keeps the Peace 》
7. 《 Encyclopedia Brown Saves the Day 》
8. 《 Encyclopedia Brown Tracks Them Down 》
9. 《 Encyclopedia Brown Shows the Way 》
10. 《 Encyclopedia Brown Takes the Case 》

註：完整書單請自行上網查詢。

朗讀範例

SammySophie 的朗讀示範 1：
reurl.cc/e6Vq2Q

SammySophie 的朗讀示範 2：
reurl.cc/VjmKxZ

🏓 **熊家私房玩法**

❶ 許多孩子都很喜歡偵探書，尤其是男孩。所以我建議也可以讀讀日本的《就這樣變成名偵探》系列、德國的《三個問號偵探團》系列、美國的《The Boxcar Children》系列，比比看各國的小偵探，哪個會比較受孩子歡迎？

❷ 其實，這套書大人也可以讀一讀，可以培養您的觀察力，也可以和孩子對談：「書中的偵探故事，你是如何想到故事解答的？」、「你能答對多少故事？」親子一起討論，更有樂趣！

家庭與生活 077

小熊媽的經典英語繪本 101+（暢銷修訂版）

作者	小熊媽（張美蘭）	出版者	親子天下股份有限公司
插畫	NIC（徐世賢）	地址	台北市 104 建國北路一段 96 號 4 樓
責任編輯	陳佳聖、張華承（一版）	電話	（02）2509-2800
	楊逸竹（二版）	傳真	（02）2509-2462
美術設計	東喜設計、王瑋薇	網址	www.parenting.com.tw
行銷企劃	林育菁、陳筱婷	讀者服務專線	（02）2662-0332
		讀者服務傳真	（02）2662-6048
天下雜誌群創辦人	殷允芃	客服信箱	bill@cw.com.tw
董事長兼執行長	何琦瑜		週一 ～ 週五 09:00~17:30
媒體產品事業群			
總經理	游玉雪	法律顧問	台英國際商務法律事務所
總監	李佩芬		羅明通律師
版權專員	何晨瑋、黃微真	製版印刷	中原造像股份有限公司
		總經銷	大和圖書有限公司
出版日期	2022 年 2 月第二版第一次發行		電話（02）8990-2588
定價	420 元		
書號	BKEEF077P		
ISBN	978-626-305-184-3（平裝）		

國家圖書館出版品預行編目（CIP）資料

小熊媽經典英語繪本 101+（暢銷修訂版）
小熊媽（張美蘭）著
-- 第二版 -- 臺北市：親子天下，2022.02
224 面；17 × 21 公分 --（家庭與生活；077）
ISBN　978-626-305-184-3（平裝）
1. 英語　2. 讀本　3. 推薦書目
805.18　　　　　　　　　　111002039

・訂購服務

親子天下 Shopping	shopping.parenting.com.tw
海外・大量訂購	parenting@service.cw.com.tw
書香花園	台北市建國北路二段 6 巷 11 號
	電話（02）2506-1635
劃撥帳號	50331356 親子天下股份有限公司